秘密の告白

恋するオンナの物語

亀山早苗

Kameyama Sanae

目次

香代の日記　5
久美子の日記　73
弥生の日記　149

香代の日記

今日、大変なことが起こってしまった。これは夫である健ちゃんには絶対に言えない。どうしよう。

お義父《とう》さんとお義母《かあ》さんが自室に引き上げ、子どもたちも寝静まった深夜一時頃、急に宏くんがやってきた。宏くんは、健ちゃんが今日から出張に出かけたのを知っている。

「ちょっと一緒に飲みたくなったんだ」

玄関で、宏くんは、焼酎の瓶を掲げながらそう言った。健ちゃんの小学校時代からの親友だもの、私だってないがしろにはできない。本当はもう眠いからと断りたかったけど、

「じゃあ、ちょっとだけよ。明日の朝、早いから」

と宏くんを家にあげた。彼は、勝手知ったる様子で、冷蔵庫から氷を出したりしている。

居間にどんと座り込んで、宏くんは飲み始めた。私にも水割りを作ってくれる。冷蔵庫にあった残り物の総菜や漬け物を出してあげると、

「ああ、いいなあ。こういう家庭の味」

とうれしそうに笑った。夫と同い年だから、彼もそろそろ四十歳になる。まだ独身生活を楽しんでいて、なかなか結婚する気配がないのが少し心配だが。

「宏くん、結婚する気はないの？」

「香代ちゃんみたいな女がいれば、オレだってすぐ結婚するよ」

「またあ、宏くんはけっこう上手なこと言うわよね。その気になればすぐ結婚できそうだけど」

私は笑ったが、宏くんは笑っていなかった。

「香代ちゃん」

宏くんがまじめな顔で私を見つめた。目の奥に欲望が燃えていた。男といえば、夫しか知らない私だけど、そのくらいのことはわかる。夫は出張から帰るといつも、私

をそうやって欲望の炎が燃えさかったような目で見つめるのだ。そして私はその目で見られただけで、自分が濡れてしまうのを知っている。

宏くんが私の右手首をつかむ。やけに熱い手だった。

「やめて」

彼はいつもと違っていた。どこか殺気だっていて怖い。このままだと何かが起こりそう。とっさに、逃げなければいけないと思い、立ち上がろうとする。が、宏くんはさらに手に力を込めて、私を引き寄せた。

「いや、だめ」

「オレ、ずっと香代ちゃんのことが好きだったんだ。だから結婚しないんだ。お願いだよ、一度でいいんだ」

宏くんの目が潤んでいる。

「お願いだよ、一度だけ。ふたりきりの秘密にしよう。そうしたらもう俺、思い残すことないから」

力が強い。百八十センチ、八十キロ、力自慢の建設業だもの。とても私には抗いきれない。

宏くんは私を押し倒して、上からじっと見つめる。

「だめ、健ちゃんに悪いもの。私、健ちゃんを愛しているんだもの」

身をよじるが、彼はかえってその言葉に刺激を受けたらしい。私の首筋に唇を寄せてきた。

「あ」

意外なことに、自分の口からため息がもれてしまう。感じてはいけない。感じるはずはないと思っているのに、宏くんの息が首から耳のあたりにかかるたびに、下半身がしびれていくのがわかる。

「頼むよ、香代ちゃん。冷たくしないで」

ぽつりと顔の上に何かが落ちた。宏くんが泣いている。身体中の力が抜けた。着ていたカットソーをめくられ、ブラを押し上げられる。彼は乳首を口に含み、舌で転がしてくる。片手がスカートの中に入ってきた。

「やめて、やめて」

うわごとのように言うしかなかったが、私の身体はもう抵抗していない。

「香代ちゃんの胸、素敵だよ」

ぽっちゃりしているから、私の胸は大きい。宏くんは何度も何度もしゃぶりつく。宏くんの指が下着の脇から入ってきた。濡れているのがばれてしまう。でも彼は何も言わなかった。一気に下着をはぎ取られる。宏くんは、そのまま熱くなった彼自身を勢いよく、ねじ込んできた。

身体に熱した鉄棒を打ち込まれたようだった。思わず身体がのけぞる。彼は私をぎゅうっと抱きしめ、思いの丈をぶつけるように動き始める。私の中も急速に収縮を始めるのがわかった。夫との間にはなかった感覚だ。ああ、こんなときに夫のことを思い出してはいけない。

やめてほしいという気持ちと、もっとしてほしいという欲求がわき起こってきて、私はどうしたらいいかわからなくなっている。

「ああ、いい……」

「いいのか、感じるのか。健太より感じるか」

宏くんはめちゃくちゃなことを言う。でも私は、うんうんと頷いてしまった。身体中がかき回されているような荒々しいセックスなのに、宏くんに抱きしめられ、身動きがとれないような状態で激しく一緒に動いていると、このままどこかへ飛んでいけそうな気がしてくる。

身体中が弾けてしまう。

「あ、だめ。イッちゃう」

思わず声が出た。宏くんは、あわてて私の口をふさいだ。

私はあっけなく、何度も感じてしまった。

「もうダメだ、俺もイクよ」

私が何度もイッたのを見届けてから、宏くんはそう言って、私のお腹の上に射精した。しばらくぐったりしたあと、ようやく起き上がって、脱衣場からタオルをもってきた。彼は、この家のことは何でも知っている。

私のお腹をきれいに拭き取りながら、宏くんは私を愛おしそうに見つめ、そっとキスをしてくる。

「ありがとう。ごめんな」

シャワーも浴びずに出て行った。

次の瞬間、二階からばたばたと足音がする。

「ママー、のど渇いたあ」

六歳になる三男が居間の入り口に立っているのを見てどきっとした。

三男に水を飲ませ、二階まで連れていく。十五歳になる長男は個室だが、十歳の次男と三男は同じ部屋だ。次男はベッドからずり落ちそうになって熟睡している。三男をベッドに寝かせ、タオルケットをかけてやると、彼はにこっと笑った。

「ママ、また明日ね」

子どもは本当にかわいい。

階段を下りながら、自分の身体が匂うのを感じていた。男の匂い、精液の匂いだ。宏くんの匂いは嫌じゃなかった。だけど、これきりだ。

風呂に入って、念入りに身体を洗う。今回の健ちゃんの出張は四日間。今日出かけたばかりだから、あと二晩は帰ってこない。

健ちゃんがいないと寂しい。私は健ちゃんに抱かれながら眠るのが大好き。二十二歳で結婚して十六年、三人も子どもがいるのに、今も夫が大好きだなんて、近所のママ友だちにはよく笑われる。

だけど健ちゃんは、いいお父さんだし、いい夫でもある。出張が多いのだけが玉にきずだけど。そういえば、健ちゃんとエッチしたのはいつだろう。先々週、出張から帰ってきてしたのが最後だから、もう二週間近く、間があいている。

「四十歳にもなると、性欲も落ちてくるなあ。男として終わりかなあ」

なんてこの前も言ってたっけ。帰って来る日は、精がつくように健ちゃんの大好きなステーキにでもしようかな。

お風呂から上がるころには、先ほどのことは、私の中でほとんど「なかったこと」

になりかけていた。だけど居間に戻ると、宏くんが飲み残した焼酎のグラスやら、総菜の残り物が目についた。

私の下着も脱がされたまま小さく丸まっている。拾い上げたとき、下着がぐっしょりと水分を含んでいることに気づいた。

宏くんとあんなことをしてしまったせいで、私はその晩、なかなか寝つけなかった。

これって、夫を裏切ったことになるんだろうか。はたと気づいて、恐ろしくなる。

浮気をする人妻の話は、よく雑誌に出ているし、近所にもダブル不倫のあげく、駆け落ちしてしまった男女がいた。自分にはもっとも遠い話だと思っていたけど、私も「浮気妻」になってしまったんだろうか。

どうしよう、どうしようと思いながら、いつの間にかうとうとしていた。夢の中で、私は宏くんとまた関係している。かつて感じたことのなかったような絶頂感が襲ってきて、「もうダメ、壊れる」と思った瞬間、目が覚めた。

夢でよかった……。だけど私の下着は濡れていた。私はセックスそのものがそれほど好きなタイプではないと思っていたけど、違うのだろうか。本当は欲求不満なのだろうか。

ふわふわと浅い眠りの中を漂っているうちに、けたたましい目覚まし時計の音で目が覚める。

私の起床時間はだいたい五時ころ。義父母と子どもたちの朝食、長男と自分の弁当を作る。夫がいれば、夫の分の弁当も必要だが、今日はふたり分。

それから洗濯をし、子どもたちを起こして学校へ送り出し、掃除をしてから、私も出勤する。

三十歳になってから、調理師と栄養士の勉強を始めて免許をとった。今は、近くの老人施設で、施設利用者の昼食と夕食を作っている。ときには利用者たちと一緒におやつを作ることもある。

「母、妻、嫁、社会人。ひとりで何でもこなして偉いわね」

ママ友だちには言われるけど、私は働くのが好きらしい。それに義母は夕飯の支度をほとんどしてくれるし、義父は子どもたちの面倒をみてくれる。家族の協力があるから、外に出られるわけで、いくら感謝してもしたりないくらいだ。

施設では、時間があれば利用者の介護も手伝う。そのためにヘルパーの資格もとった。

午後、利用者さんたちと庭で運動をしていると、宏くんが突然現れた。心臓がばくばく音を立てる。

「おう、元気?」

宏くんは、昨夜のことなど何もなかったかのように私を見かけて手を上げた。

「ここの建物の修理を頼まれたんだよ」

そのまま向こうへ行ってしまう。彼があっさりした態度をとってくれたので、私もそれからは何も考えず、仕事に没頭することができた。


その晩は、義母が焼き肉パーティをしようと言って、肉や野菜を用意してくれた。みんなで食卓を囲むとき、私はこの家族を大事にしたいと、つくづく思う。夫がいないと私が寂しがるので、義母は気を遣って、こうやってにぎやかな食卓を演出してくれる。


子どもたちが寝静まり、私も早めに横になった。私と健ちゃんの寝室は一階にある。やはり昨夜のことを思い出してしまう。宏くんの必死な目、ぽろりと落ちた涙。太いけれど、意外に繊細な動きをした指。思い出すと、身体が疼いた。夫を愛していると、自他ともに認めているのに、宏くんを受け入れてしまった私。今も宏くんとのセックスを思い出しながら、気持ちも身体も濡れていくのを感じている。

右手の中指を下着の中に滑り込ませた。やはり、どうにもならないくらい濡れている。身体の奥のほうが、痛いくらいに疼いてくる。私は大きく腫れ上がっているクリトリスを撫でた。宏くんがしたように、ゆっくり円を描いて撫で回す。だんだん我慢ができなくなってきて、中指を下にずらしていくと、指はするりと膣に入ってしまう。薬指も添えて、出し入れしながら、親指でクリトリスのあたりを押す。

はあ……。もう少しでイクというところで、私はわざとやめた。自分に対する罰かもしれない。宏くんを思い浮かべながらイッてしまうなんて、健ちゃんに申し訳がない。やはりやめよう。手を止めた。

ところがいつまでたっても眠れない。身体の芯が火照って、だんだん汗ばんできた。自分のあそこが空っぽで何も入っていないからだ。何かを入れたい。起きあがって、何でもいいから入れるものを探しに台所へ行った。よくキュウリや大根など野菜を使うというけれど、食べ物を入れるのは抵抗がある。

そんなことを思いながら、台所をうろうろしていると、勝手口のあたりで音がして、こんこんと控えめにドアがノックされた。ドア越しに声を潜めて「誰？」と尋ねると、「俺」と宏くんの声がした。

「こんな時間にダメよ」

「ちょっとだけ開けてくれよ、頼むよ」

善悪の判断ができないままにドアを開けてしまった。宏くんと目が合う。互いに何を求めているのかわかっている。

「ダメ、絶対にダメ。一度だけって言ったじゃない」

抵抗する私に、宏くんは、目を真っ赤にして言う。

「気持ちよかったんだよ。香代ちゃんのあそこに、もう一度だけ入れたい」

「私、健ちゃんを裏切れない」

「昨日は裏切ったじゃないか。俺とだと気持ちよくなかった？」

小声で「気持ちよかった」と正直に言った。宏くんを思って、クリトリスをいじったとは言えなかったが。

「昼間施設で会ったとき、俺のあそこ、固くなってたんだ」

私も濡れかけたと言いそうになる。宏くんの指が、するりと私の足の間に入ってきた。すぐに濡れているとわかるだろう。

宏くんは、中指を私の目の前に出した。ねっとりと濡れて糸をひいている。思わず目を伏せようとすると、彼は「見て」と、舌を出して糸を引いている指を舐めてみせた。

「香代ちゃんがほしいんだ」

低くつぶやいたその声に、私ももう我慢ができなかった。

私たちはそのまま台所の床に転がった。宏くんは、すぐに挿入したが、動こうとしない。

「香代ちゃん」

宏くんのものが私の中にすっぽり収まっている。動かずにいると、宏くんのあそこがびくびく脈打っているのがわかる。つられて私のあそこもひくひくと動き出す。じっと目を見つめ合った。宏くんが、何とも言えないせつなそうな顔をする。耐えられなくなって、私は自分から、少しだけ腰を動かした。

「香代ちゃんのここ、熱い」

「宏くんのも熱くなってる」

私の声はかすれていた。それを合図にしたかのように、宏くんは激しく動き出す。お互いを食い尽くすしかない。私たちは、台所を転がりながら、ずっとつながっていた。

どのくらいの時間がたったのかわからない。身体も頭も、快感で麻痺してきている。頭の中に、いろいろな色が飛ぶ。ときに星のように瞬き、ときに花火のように火花が散る。

「私、おかしい。怖い」

身体がどこかにもっていかれそうな恐怖感が襲ってきた。

「大丈夫だよ、イッていいよ。思い切りイッていいんだよ」

宏くんが思いきり抱きしめてくれている。腰だけを細かく動かす。

「怖い、怖い」

私は宏くんの首にしがみつく。腰ごと割れそうだ。壊れる。死んじゃう。

覚えているのはそこまでだった。

気がつくと、私はちゃんとナイトドレスを着たまま、台所の床に転がっていた。宏くんはいない。だが、確かに彼の精液の匂いが、私の身体にまとわりついていた。

ようやく、健ちゃんが出張から帰ってきた。玄関で抱きついて、子どもたちに笑われてしまう。

「ママはパパがいないと生きていけないんだってさ」

長男がませた口調で言う。夫はにこにこしながら言い返す。

「おう、パパだって同じだよ。お前たちがいなくても生きていけないぞ」

長男は照れたような、呆れたような笑みを浮かべた。三男は、健ちゃんにまとわりついてばかりいた。

夜、疲れた健ちゃんにマッサージをする。首から肩にかけて、かなり凝っているようだ。揉んでいるうちに、健ちゃんはすやすやと寝息をたてはじめた。今日は抱いてほしかったのに。しょうがないか、疲れているんだから。そう思って、健ちゃんにぴったりくっついてみた。夫の寝息の規則正しさが子守唄代わりになり、私はあっという間に眠りに落ちていた。

翌朝、五時に目覚ましが鳴り、起きると健ちゃんも目を開けていた。

「もう少し寝てれば？」

健ちゃんは、私の腕をぐいと引いた。夫は決して荒々しいセックスをしない。いつも優しくて、入ってくると、ゆるゆると動き、しばらくたつと、静かに終わる。夫に抱かれていると、私はいつも泣きたくなるような安心感に包まれる。

だが、この朝はそれがどこか物足りなかった。心は満たされているのに、身体が物足りないと叫んでいる。知らず知らずのうちに、私は自分から腰を動かしていたようだ。

「したかったの。健ちゃんがいなかったから、寂しくてたまらなかった」

自分が腰を動かしているのに気づいて、言い訳のようにつぶやいた。

「俺もしたかったよ」

健ちゃんはゆっくり動きながらそう言う。もどかしい。もっと強烈に揺さぶられたい。だけど、そうは言えなかった。出張中に何かあったのかと思われたくなかった。

宏くんのことはもう、心から、そして身体から払拭してしまわなければ。

健ちゃんはあっけなくイッてしまった。私はピルを飲んでいるから、中に出されてもかまわないのだ。宏くんにそれを言わなかったのは、夫に対する遠慮だった。私がすべてを受け止めるのは、夫だけだ。せめてもの良心だったのかもしれないと、自分でも思う。

終わってからも、健ちゃんは私をじっと抱きしめていてくれる。

「さて、そろそろ起きるか」

時計を見ると五時半。私もあわてて起きあがった。今日は夫がいるから、お弁当を三つ作らなくちゃ。


ある週末、健ちゃんが友だちを呼んで、パーティをやろうと言い出した。

「最近、宏ともあまり会ってないし。それとほら、おまえの友だち、麻美子さんだっけ？　家族も一緒に」

健ちゃんは大勢で飲んだり食べたりするのが大好きだ。麻美子さんは、三ヶ月ほど前に近所に引っ越してきた一家で、彼女の長男とうちの次男は、地域のサッカーチームで仲良くしている。同い年ということもあって、麻美子さんとはすぐに親しくなった。

あれから二週間ほどたつが、私は宏くんには会っていなかった。前は週に一度はふらりと来ていた宏くんも「仕事が忙しい」と夫に言っているらしい。私の身体の中でも、宏くんの影響はかなり薄れている。彼に会っても、何もなかったように振る舞えそうだ。

「今度の土曜日あたり、どうかな。みんなで庭でバーベキューでもするか」

夫の言葉を聞きながら、私は宏くんを思っていた。宏くんは私のことを忘れてしまったのだろうか。私が好きだから結婚しないという言葉は、嘘だったんだろうか。

夫の親友として接すればいいと思いつつ、どこか物足りない。

そして土曜の午後、麻美子さん一家四人と、我が家の七人が集まった。宏くんは少し遅れてくるらしい。

麻美子さんのご主人と、ちゃんと話すのは今日が初めてだ。麻美子さんや私より八歳年上と言っていたから、四十六歳。その割には若く見える。身体も引き締まっているし。

そこへ宏くんが、ビールやジュースを抱えてやってきた。

「ありがとう、助かるわ」

宏くんは、私の目を見て何か言いたげだったが、何も言わずに子どもたちの輪に飛び込んでいった。結婚もしていないのに、宏くんは子どもと遊ぶのが上手だ。本人が子どものままだからだろうと、健ちゃんは言っているけど。

肉や野菜を焼き、みんなでせっせと食べる。子どもたちは、笑いながら、はしゃぎっぱなしだ。義父母も、麻美子さん夫婦とすっかりうち解けている。

飲み物がなくなったので、家の中に入る。ビールを何本か持って出ようとすると、音もなく宏くんが台所に押し入ってきた。私をいきなり抱きしめる。

「香代ちゃん。俺、やっぱり忘れられない。ダメだ、もうどうしたらいいかわからない」

「あなたは健ちゃんの親友でしょう。健ちゃんを裏切るの？　もうあれきりよ、お願いだから」

宏くんは今にも泣きそうだった。じりじりと私を壁際に追いつめる。そして、いきなりスカートの中に手を入れてきた。

本当は宏くんの顔を見たときから、私のあそこは湿っていた。彼の指と熱い棒が入ってきたときの膣の感覚がよみがえってくるので、なんとか振り払おうと努力していたのだ。

「やっぱり濡れてる。さっき香代ちゃんの瞳が潤んでいたから、こっちも濡れてるだろうと思ってた」

宏くんの指が入ってくる。ああ、やっぱり感じる。無骨に見えるのに細かい動きをする宏くんの指。

「お願い、やめて。誰か来たらどうするの？」

「健太が来たら困る？」

「困るに決まってるでしょう。宏くんだって……」

私は声も途切れ途切れに言った。宏くんは、指を出し入れしながら、首筋に熱く、湿った息を吹きかける。私は右の首筋から耳の後ろあたりが弱いということを、彼に愛撫されて初めて知った。腰のあたりがむずむずしてきて、下半身ががくがくと震えるのだ。

「ここ、気持ちいいの？」

宏くんは耳たぶを舌で舐め上げた。さらに耳の中を舌先でちろちろと愛撫する。腰から背中にかけて、きゅんきゅんと「前兆」がくる。身体中の力が抜けて、私は瓶ビールを床に落としてしまう。

「おーい、大丈夫か」

夫の声がした。

宏くんが耳たぶをきゅっと噛んだ。私ははっと我に返り、大声で返事をする。

「大丈夫よー、今、ビール持っていくね」

「手伝おうか？」

「ううん、平気」

普通に声が出たかどうか気になった。

「健太は何も疑ってないよ」

宏くんが囁く。彼の指は、私のあそこに入ったままだ。膣壁をじっくりと指の腹がなぞっていく。あ、これがこんなに気持ちいいなんて。ビールの匂いがさらに興奮を高めていく。

次の瞬間、宏くんの指は私の身体の奥の奥までぐいっと入り、そして素早く抜かれていた。

「もう、しょうがないなあ。香代ちゃんは。そそっかしいんだよね」

健ちゃんが台所に入ってきたときには、宏くんは、ごく平然としゃがみこんで、ビール瓶のかけらを拾っていた。

「おう、悪いな、宏。そうなんだよ、香代はいい女なんだけど、そそっかしい」

男ふたりが掃除をし始め、私は「ごめんねー」とおどけながら新しいビールを持って庭に出た。足が少しもつれていた。


ひとりで椅子に腰掛けてぼうっとしていると、麻美子さんのご主人の隆雄さんがやってきた。

「ひとりでビールを飲んでいる香代さんは、なかなか絵になりますね。座っていいですか」

私は頷く。隆雄さんは、いつも紳士的で、そんなふるまいがよく似合う。彼は「零細企業」だというけれど、自ら会社を起こした人だ。二十代で一国一城の主《あるじ》となったのだから、それなりに遣り手なのだと思う。

ふだんはそんな面をまったく見せず、休日には子どもたちに混じって、よくサッカーをしている。こんな素敵なだんなさんをもっている麻美子さんもまた、同性から見てもいい女だから、似合いの夫婦だ。

「うちの麻美子と仲良くしてくれて、ありがとう。引っ越してきて、いちばん最初に気軽に声をかけてくれたのは香代さんだって、麻美子はいまだに言っているんですよ」

「今度、麻美子さんと食事や買い物に行くつもりなんですけど、いいかしら」

「仲良くしてやってください。ああ見えて、意外と社交的じゃないんですよ」

意外だった。明るくて前向きだとばかり思っていたが、人はわからないものだ。

それにしても、麻美子さんと隆雄さんは、すごく心を寄せ合っているんだなあ。隆雄さんは麻美子さんを語るとき、いかにも愛おしそうな目をする。

私は健ちゃんを愛しているけど、健ちゃんは私の心の奥までわかってくれているんだろうか。ほんの少し、不安になる。

そのとき、家から健ちゃんと宏くんが出てきた。幼なじみの大親友。一緒にいるといつも楽しそうだ。

「私は、あのふたりと関係をもっている」

自分がとてつもなく罪深い女のような気がしてきた。それでも、もし、また宏くんに迫られたら、私は断れないかもしれない。頭では絶対にいけないと思っているのに、身体が反応してしまう。宏くんの顔を見ると、私の子宮や膣が暴れ出す感じ。そうなると、私の手には負えない。

ふたりがやってきて同じテーブルに座る。男三人に囲まれた。こういうとき、宏くんは決して意味ありげに私を見たりしない。だけど、私は宏くんを探るように見てしまう。

互いにビールを注ぎ合った三人は、「これからもよろしく」と乾杯している。一気にビールを飲み干した宏くんは、「ぷはー」と息をついて私を見た。そして、自分の中指をねぶるように舐めてみせた。

私の子宮が、また暴れ始める。


月日のたつのは早い。秋になると、子どもたちは、運動会だの遠足だのと行事が目白押し。三人も子どもがいると、学校の行事だけで目が回りそうだ。

仕事も忙しい。老人施設でも、秋はいろいろ行事があるのだ。私は施設まで、毎日自転車で通っている。

今日、仕事帰りに、突然雨が降り出し、立ち往生してしまった。喫茶店の軒先で雨宿りしていると、クラクションが激しく鳴り、目の前に車が停まって、麻美子さんの夫の隆雄さんがぬっと顔を出した。

「乗っていきませんか」

「でも自転車が」

「自転車は明日、届けてあげるから。とりあえずそこに置いて鍵かけて」

隆雄さんの言葉に甘えることにした。

助手席に乗り込むと、隆雄さんはタオルで私の頭を拭ってくれた。

「かわいそうに。寒くなかった？」

隆雄さんの優しい声に、冷えた身体が温まるような気がした。

「僕の事務所、すぐそこだから寄って、温かいコーヒーでも飲んでいったら？」

好意に甘えることにした。夕食の支度はお義母さんがある程度、やってくれることになっている。

隆雄さんの会社は自動車関係で、一階が工場、二階が事務所になっている。二階はまだ明るい。誰かいるのだろう。

だが、一緒に入っていくと、誰もいなかった。奥のソファに案内される。

「おかしいな。事務員さん、帰っちゃったのかな」

隆雄さんはつぶやきながら、コーヒーをもってきてくれた。受け取るときに手が触れる。どきっとした。彼は何も言わずに、私の唇に素早く自分の唇を合わせた。驚いて全身が固まってしまった私の手からコーヒーを奪い、テーブルに置く。私の胸元に手を入れてきた。乳首はすでに痛いくらい立っている。

目が合った。

「香代さんはとっても素敵だよ。本当にきれい」

隆雄さんの言葉に力が抜けた。胸をはだけられ、乳首を吸われる。隆雄さんは舌を尖らせて、乳首をしつこいくらい刺激した。

あ、濡れてきている。今日は白いスカートなのに、シミになったら大変。そう思ったのも一瞬だった。隆雄さんが乳首を甘く噛む。うーんと甘い声が出る。乳首だけでこんなに感じたのは初めてかもしれない。

もものあたりがぐちょぐちょになっている。それでも隆雄さんは、下には手を伸ばしてこない。ひたすら乳首を攻撃してくる。

私は我慢できなくなって、彼の手を下に導いた。

隆雄さんの手を、下着の上から私のあそこに導く。

「すごいことになってるよ、香代さん。いつもこんななの？」

隆雄さんは卑猥な言い方をする。ふだんは紳士的なのに。そのギャップに、なぜか身体がざわざわするような興奮に包まれた。

隆雄さんは、私の下着を脱がせようとする。いけないと思いつつ、腰を浮かせて協力した。彼は私のスカートをたくしあげ、足を曲げ、大股開きをさせた。事務所内は、煌々と明かりがついているのに。

「やめて」

顔を背ける。

「香代さんのここ、もう大きくなってるよ、こんなに」

私のクリトリスは、すでに熱く大きくなっている。彼はそこに顔を埋め、舌先でつんつんと突いた。意識が遠くなりそう。次の瞬間、彼はクリトリスに軽く歯を立てる。私の意思とは関係なく、あそこからどっと液が噴き出した。

「すごいなあ。香代さんは、こんな身体をしているんだ。だんなさんは幸せだね」

隆雄さんは、私の膣に舌を入れてくる。片手で胸を揉み、もう片方はクリトリスをいじる。なんて器用なんだろう。この人、今までもきっとたくさん浮気しているに違いない。

私は隆雄さんのなすがままになっている。隆雄さんは、するりとズボンと下着を脱ぐ。私は目を見張った。だって、隆雄さんのあれがとても大きかったから。血管が見事に浮き出ていて、頭に血が上って、自分が抑えきれなくなった。

思わず自分からむしゃぶりついてしまう。口いっぱいにほおばる。私が自分からこんなことをするのは初めてだ。健ちゃんに何度もねだられたときにしかしない。でも、やり方は知っている。私は喉の奥まで入れて、せっせと頭を動かした。

「ああ、いいよ。香代さん。すごく上手」

隆雄さんはうめいた。そのうめき声に、さらに頭に血が上る。褒められるとうれしくなって、舌も使ってせっせと舐めた。

隆雄さんは私を後ろ向きにして、ソファに手をつかせ、後ろからぎゅうっと大きなアレを押し込んできた。全身が串刺しにされたみたい。膣がぱんぱんに張って、身体中にペニスが入っているかのようだ。息ができない。

彼は私の腰をつかみ、小刻みに、あるいは大きく、出し入れを繰り返す。そのたびに私の膣は、悲鳴を上げながら喜んでいる。私も我慢していたが、自分でも知らないうちに、大きな叫び声を上げていたらしい。

「ちょっと待って」

隆雄さんはいきなり抜いて、入り口まで行った。

「危ない。鍵をかけそこねてたよ」

「お願い。早く入れて」

自分から腰を振ってお願いした。あそこが空っぽになっていることに耐えられなかった。身体の芯がなければ生きていけない。

「香代さんは、これが気にいってくれたの？」

隆雄さんは、膣の入り口を自分のモノでつつく。入ってきそうで入ってこない。お願い、早く入れて。

「好き、大好き。ほしいの」

もう自分がどうなっているかわからなかった。

隆雄さんは狙いを定めたように、一気に奥の奥までぶち込んできた。本当に、ぶち込むとしか言いようのない入れ方。私の膝が折れた。もう身体を支えるのは無理だった。

床に倒れ込んだ私を、隆雄さんは仰向けにした。足を高く上げて自分の両肩に乗せ、深く深く貫いてくる。血管の浮き出た、怒り狂ったような隆雄さんのアレが、子宮の中にまで入り込んでくるのがわかった。

身体が反り返ると同時に、自分が木《こ》っ端《ぱ》微《み》塵《じん》になった。

「香代さん、いい？　イクよ。飲んでくれる？」

隆雄さんの声に、私は我に返った。なんだかわからないままに口を開けた。

口の中で、隆雄さんのアレがびくんびくんと踊り、同時にどろりとしたものが何度かにわたって飛び出してきた。私はすぐに飲み込み、そのままじっとくわえている。

隆雄さんの荒い息づかいを聞きながら、搾り取るようにすべて舐めきった。

私が精液を飲んだのは初めてだった。健ちゃんは、こんなことを要求しない。たまにそういう話は聞いたことがあるけど、私にはできないとずっと思っていた。愛していたら、男だってそんなことはさせないはずだと決めつけていた。

だけど、私は自分から進んで隆雄さんのを飲んでしまった。全身に隆雄さんの分身が飛び回っている。

隆雄さんはゆっくりとペニスを私の口から抜いた。私は口をすぼめて、さらに最後の一滴まで搾り取って味わう。

「香代さん。ごめん。飲んじゃったの？」

「おいしかった」

舌を出してみせた。隆雄さんは私を抱きかかえて、ソファに座らせる。そしてトランクスだけさっとはき、衝立《ついたて》の向こうに消えた。すぐに戻ってくると、温かいタオルで私のあそこを丁寧に拭いてくれる。それだけでまた感じた。

「スカート、しわだらけになっちゃったかな。大丈夫？」

隆雄さんは心配そうにスカートを見つめ、手で髪も梳《す》いてくれた。

「香代さんって感じやすいんだね。本当に素敵だった」

「隆雄さんがすごいから」

私たちは見つめ合った。これで共犯者になったのかもしれない。ふたりにしかわからない何かが行き交っている。

隆雄さんが熱いコーヒーをもってきてくれた。私は隆雄さんの肩にもたれかかる。頭がもうろうとしていた。あまり言葉を交わさないまま、ふたりがコーヒーをすする音だけが事務所に響く。

満たされていた。隆雄さんのアレはもう入っていないのに、まだ入っているみたい。ときどき、身体がひくついた。

「香代さん、大丈夫？　まだ感じてるの？」

「だって、あまりにすごかったんだもん」

隆雄さんは笑った。目尻のしわが素敵だった。

もっと隆雄さんにもたれていたかった。隆雄さんの肩は、私がもたれかかるようにできているみたい。

だけど、ずっとここにいるわけにはいかない。重い身体を持ち上げるようにして立ち上がる。足元がふらつき、隆雄さんに抱きかかえられた。またどちらからともなく唇を重ねる。きりがないね、とふたりで笑った。

隆雄さんの車で、自転車を置いた喫茶店まで戻ってもらった。もう雨も降っていないのだから、自転車で帰ったほうが自然だ。隆雄さんは、自転車を車に乗せて家まで送って行くと言ったが、危険なことはしないほうがいいと私は思った。

喫茶店はもう閉店していて、あたりは暗かった。車を停め、キスをする。隆雄さんが「舌をちょうだい」と言った。互いに舌がからみあい、どちらの舌なのかわからなくなっていった。隆雄さんと別れ、ひとりで自転車をこいで帰宅しながら、私は無意識にサドルにあそこをこすりつけていた。隆雄さんに責められたあそこは、まだ大きいままで、自転車ががたがたいうたびにひくついている。

身体が溶けていくというのは、ああいうことを言うのだろう。今別れたばかりなのに、もう隆雄さんとしたくなっている。私はおかしくなってしまったんだろうか。

赤く誇らしげに腫れ上がっているはずのクリトリスをなだめるようにして、自転車をこいだ。

家の玄関をあけると、健ちゃんの靴があった。健ちゃんより遅くなってしまったんだと初めて時間を意識した。

「おう、お帰り」

居間に入っていくと、健ちゃんが新聞を読みながらちらっと私を見た。すでにみんな夕食を終えている。

「ごめんなさい、遅くなっちゃった」

「雨、大丈夫だった？　降られたんじゃないかと思って心配してたんだよ。携帯もつながらないしさ」

「ごめんなさい。施設でちょっと問題があって」

健ちゃんに嘘をついたのは初めてだった。宏くんのことも含め、胸に秘めて言えないことはあるけど、嘘をついたのは、結婚十六年で初めてだ。

「そうかあ、大丈夫か？　無理するなよ」

健ちゃんは私をじっと見た。

「顔色、よくないみたいだな。疲れてるんだろ」

そこへお義母さんが出てきて、

「香代ちゃん。ご飯まだでしょ。温めてあげるから食べちゃいなさい」

かいがいしく世話を焼いてくれる。涙が出そうになった。

お義母さんの煮物はおいしい。優しい味がする。それなのに、私は隆雄さんの精液の味が忘れられない。また飲みたい。精液の中に、隆雄さんの魂が入っているのだから。食事の最中も、そればかり考えていた。お義母さんは、

「疲れてるんだから、お風呂に入りなさい」

と、私の食事の後片づけまでしてくれた。

お風呂に入って、念入りにあそこを洗った。なんだか膣はぽっかりと口を開いて寂しげだ。さっきまでここに隆雄さんの大きなモノが入っていたのに。「また入れてもらおうね」と愛しい膣に心の中で話しかける。

寝室に引き上げると、健ちゃんがうとうとしていた。いつものようにくっついて寝る。

「疲れた？」

寝ていると思った健ちゃんの声が聞こえてびっくりした。

健ちゃんが私のナイトドレスを脱がせにかかる。同じ日に、しかもそれほど時間がたっていないのに、ふたりの男を受け入れてしまって大丈夫なのだろうか。健ちゃんにばれないだろうか。ひやひやした。

健ちゃんが胸を触ってきたとき、私はひどく敏感になっていた。声は必死に抑えたけれど、身体が大きくびくんびくんと勝手に震えていた。

健ちゃんがいつものように、ゆっくりと入れてくる。隆雄さんのとは違う。そう思ったとき、健ちゃんが「ん？」と小さな声を出した。どきりとする。

「どうしたの？」

「いや、なんとなくいつもと違う感じがして」

「どう違うの？」

「うまく言えないけど、なんかすごくいいよ。まとわりついてくるような感じ」

宏くんと隆雄さん、夫以外のふたりの男と関係をもって、私のあそこは変化してきているのだろうか。

ゆるゆる動いているのがまだるっこしくなって、私は囁いた。

「健ちゃん、上に乗ってもいい？」

私はそんなことはしたことがない。今度、隆雄さんに会ったら、自分が上になって思い切り腰を振ってみたい。だけど、上になったことがないので、どうしたらいいかよくわからないのだ。健ちゃんを練習台にするのは申し訳がないのだけど。

「最近、積極的だね。いいよ、乗って」

私が上になって挿入した。健ちゃんが私の腰を両手で持って動かしてくれる。同時に、健ちゃんも突き上げるように腰を動かす。

「あ、これ、すごくいい」

「もっと激しく動くんだよ。好きなように動いてごらん」

そう言われても、なかなか動きづらい。少しすると、だんだんリズムがつかめてきた。自分の好きな場所に健ちゃんのアレが当たるように動けばいいのだ。

下から健ちゃんが、思い切り胸をつかむ。私が少し身体を反ると、健ちゃんは私のクリトリスをいじってきた。

「ああ」

だんだん感じてきて、私は乗馬でもしているかのように激しく動く。そして錯乱していった。

「おい、声が大きすぎる」

夫が私の口をふさいだ。上では義父母と三人の子どもたちが寝ているのだ。それに気づいて、私は急激に興奮が冷めていく。もう少しでイクところだったのに。健ちゃんは、静かに終わった。

「今度、温泉にでも行くか」

私が途中だったのを見抜いたように、健ちゃんが言った。本当に最高の夫だ。いつだって優しい。

数日後、健ちゃんが帰宅するなり、私に耳打ちをした。

「隆雄さん夫婦と一緒に温泉に行くことにしたよ」

近所でばったり隆雄さんに会い、ふたりで軽く飲んでいるうちに、そういう話になったのだという。

明日から麻美子さん夫婦と四人で温泉に行く。私は一日休暇をとることになるので、周りに気を遣って、今日は少し残業をした。

麻美子さん夫婦と一緒に行くのは、うれしいようなせつないような変な気持ちだ。隆雄さんと関係をもってからも、四人で一緒に食事をしたことはあったけど、温泉旅行となると、自分の気持ちがどうなるのか、少しだけ怖い。

そんなことを考えながら自転車をこいでいると、隣にすうっと近づいてきた車の窓が開き、「香代ちゃん」という声がした。

宏くんだった。

「あ、健ちゃんに会いにきたの？」

尋ねても、宏くんは車を止めて黙ったままだ。

「どうしたの？」

近づくと、宏くんは私の目を見ないで言った。

「少しだけ香代ちゃんと話したい。乗らない？」

「う〜ん。帰って食事の支度をしなくちゃ」

「ちょっとだけでいいんだ。お願いだよ、香代ちゃん」

宏くんにそう言われると、むげにもできない。

自転車を電柱の陰に置いて、宏くんの車に乗った。宏くんはいきなり車を発進させる。

「ちょっと待って。どこへ行くの？」

「すぐだから」

宏くんは、近くの林の入り口に車を止めた。ここは地元の人間もまず来ない。

「香代ちゃん」

宏くんは私の上にのしかかってきた。重かったけれど、私は彼の背中や頭をゆっくり撫でた。なんとなく彼の気持ちがわかるような気がした。

私のVネックの胸元に、彼は手を入れて、乳房をむんずとつかむ。揉みしだかれ、首筋にキスされているうちに私の腰が疼いていく。

「明日から温泉に行くんだって？」

「うん」

「健太とたくさんするのか？」

「そうよ。いっぱい大きな声出すの」

宏くんは、私のうなじのあたりを思い切り吸った。

「だめ。そんなことしたら健ちゃんにばれちゃう」

「ごめん」

宏くんは素直に謝った。私のスカートの下から手を入れてくる。

「やっぱり濡れてる」

宏くんは、濡れた指を立てたまま、自分のジーンズを下ろした。彼のものも準備万端だった。そして私の液体で濡れた指を、自分のペニスの先にこすりつけた。その指を私に舐めさせる。そして私の口に唇を重ねた。

「固めの杯みたいなもんかな」

混じり合った液体を舐め合う行為は、宏くんにとって大きな意味があったようだ。私も彼とするのは嫌いじゃないのだけど……。

宏くんは助手席を倒し、私の上に乗ってきた。ブラをずりあげ、胸を丸出しにする。スカートをたくしあげて、足を大きく開かせてダッシュボードの上に乗せた。人が来ない場所のはずだが、万一、誰かに見られたら、と思うと、スリルで心臓がばくばくする。

宏くんは、ぐいっとペニスを押し込んできた。この瞬間、いつも宏くんはせつなそうな顔をする。そんな顔を見せられるたび、私は妙な興奮に包まれる。

狭くて身動きがとれない。宏くんは器用に腰だけ動かす。私は動けないから、されるがままだ。完全に、宏くんという型にはめられた人形みたいになっている。でも、それがだんだん快感になっていく。彼の小刻みな動きが続くにつれ、私の身体の中には、だんだん大きな波が生まれていく。

「あん、気持ちいい」

「ほんと？　俺も気持ちいいよ。香代ちゃん、すごく締まってる」

少し、お尻のあたりに力を入れてみる。

「ああ、すごく締まってる。イッちゃいそうだよ。中でイッていい？」

「ダメよ」

頭の芯が溶けそうになっているのに、私は宏くんには中に出させるつもりはなかった。

宏くんはさらに動き続ける。腰のあたりが裂けそうな感覚が襲ってきた。

「宏くん、イク。私、私」

言葉にならなかった。車がみしみしと音を立てているのが聞こえてくる。

「ああー」

宏くんが大きな声を上げた。次の瞬間、私の胸に温かい液体が、何度も飛んできた。うめいたまま、宏くんは運転席にひっくり返ってしまった。私の胸に飛んできたどろりとした液体は、脇腹へと流れていく。

文句を言いたい気持ちもあるのだけど、私も感じすぎて声が出ない。数秒して、宏くんはあわてたように言った。

「ごめん、香代ちゃん。本当にごめん」

あわててティッシュで拭ってくれる。だが、ブラは精液まみれになっていた。怒る気力はなかった。そんなにも私としたいと思ってくれた宏くんが、どこか愛しく感じられた。

一方で、健ちゃんはまだ帰っていないはずだから、早くシャワーを浴びて匂いを消さなくてはと考えていた。

宏くんとあんなことをした翌日、私たちは夫婦二組で温泉に出かけた。子どもたちを置いていくので一泊だけれど、健ちゃんはひどくはしゃいでいる。

行きは隆雄さんが運転する。私が助手席に、麻美子さんと健ちゃんが後部座席に座った。

隆雄さんが私を見て、にこりと笑う。その笑顔で落ち着くことができた。私は秘密を守り通さなければいけない。

午後、宿に着くと、まずは夫婦それぞれの部屋に引き上げた。

「ふたりだけのほうがよかった？」

健ちゃんは、夫婦二組で来たことを私が快く思っていないのではないかと気を遣っている。

「ううん、私、麻美子さんたち好きよ」

「よかった」

健ちゃんは私を抱きしめてくれた。

何はともあれ、まずは温泉だ。麻美子さんと女性専用露天風呂に行く。お互いに背中を流しあった。お風呂のあとは、近所を散策。するともう夕飯の時間だ。男ふたりはよく飲んだ。四人とも学生に戻ったように、くだらない話をしては大笑い。

部屋に引き上げると、健ちゃんは早速迫ってきた。

「隆雄さんたちは、外に出かけるって言ってたから」

珍しく、健ちゃんは愛撫もそこそこに私を上に乗せた。電気が煌々とついている和室で、私は健ちゃんの上に乗って、思い切り動いた。誰に聞かれてもいい。思い切り声も出した。健ちゃんももっと動いてくれればいいのに。そうすれば、もっと感じるのに。

気持ちよかったけれど、ツメの先ほどの不満が残る。私は何を求めているのだろう。健ちゃんは、すぐに寝息をたてはじめた。時計を見るとまだ十時だ。私はまだ寝られそうにない。

しかたがないので、ひとりで露天風呂に行った。風呂から上がって、浴衣の上に丹前をひっかけ、宿の売りのひとつである庭園を少し歩く。ほどよくライトアップされているので、怖くはない。

「香代さん」

振り向くと、隆雄さんが突然、現れた。どこにいたのだろう。隆雄さんは、後ろから私を力強く抱きしめる。それだけで膝の力が抜けそう。

「今日一日、ずっと香代さんしか見てなかった」

隆雄さんは、暗がりのほうにどんどん私を連れていく。麻美子さんはどこにいるの？　健ちゃんが目を覚ましたらどうしよう。いろんなことが頭の中でぐるぐる回る。

隆雄さんは、宿の建物から離れたところで止まり、私を正面から抱きしめた。キスをする。舌を絡め、お互いの口の中を舐め尽くし、吸い尽くす。

彼の手がすぐに私の乳首をとらえる。指先でつんつんされると、子宮が縮み上がるように甘く痛む。同時に私のあそこから、とろりと液体があふれてくる。

私は下着をつけていなかった。ふと見ると、隆雄さんも下着をはいていない。浴衣の間から、隆雄さんのいきり立っているペニスが銃口のように私を狙っているのが見えた。

「しゃぶりたい」

思いがけなく、そんな言葉が私の口から出ていた。

隆雄さんは仁王立ちになり、私は跪《ひざまず》いてしゃぶった。下は土だけど、そんなことはどうでもよかった。ペニスを手で握り、玉にまでむしゃぶりついた。どうしてこんなにおいしいんだろう。ペニスも睾丸も、食いちぎってしまいたいほどおいしい。

口の中を真空状態にして、すごい速度で出し入れしてみる。

「うう」

隆雄さんのうめき声に、私は何も考えられなくなる。尿道に舌先を突っ込む。

「だめだよ、香代さん。いっちゃうよ」

隆雄さんがせつなそうな声を出し、私を立たせた。岩に手をつき、後ろから隆雄さんを受け入れる。根元まで入ってくると、もう私は立っていられない。

「ちゃんと手をついて」

隆雄さんが命令する。彼は私の中に入れて動きながら、右手で胸を、左手でクリトリスを的確に刺激してくる。次に、両手で腰をつかんで、激しく身体ごと打ちつけてきた。あまりの激しさに私は吼えた。

空気は澄んで冷えている。薄暗い中に、木々の香りが匂い立つ。私のあそこがぐちょぐちょと卑猥な音を立てる。

「濡れすぎてる」

隆雄さんは、突然、私のあそこを舐め始めた。じゅるじゅると音を立てる。

「飲めるほどわき出てるよ」

私は興奮して隆雄さんに抱きつき、その口を吸った。私自身の味がした。

私たちはそのまま土の上で抱き合う。浅く突いたかと思うと、ぐいっと根元まで入れられ、私は身体がばらばらになりそうなくらい、感じていた。

意識がもうろうとしかけたとき、隆雄さんが私の乳首をつねった。現実に戻る。そしてまた、もうろうとしていく。夢とうつつの間をさまよいながら、私はきらきらしたものに包まれているような至福のときを感じていた。

「香代さん、いい？　終わるよ」

隆雄さんが囁くように言った。

「中に……」

「え？」

「中に出して。大丈夫だから。一緒にイッて」

隆雄さんは素早く動き、次の瞬間、「ううぅ」とうめいて動かなくなった。彼の精液が、私の内臓に飛んでくるのがわかる。身体中の細胞が喜ぶ。

隆雄さんが私に体を預けてくる。荒い息づかいの彼が、とてつもなくかわいかった。男を、しかも年上の男をかわいいと思うなんて、私はやはりおかしい。

隆雄さんは、もう一度、ぐいっと私の中に自分のモノを押し込んでから、静かに抜いていった。薄暗い中、目を見つめ合って微笑みあう。また口を吸い合った。感じすぎると、すぐには立てない。自分の身体が自分のものではないみたいだ。私は隆雄さんに抱かれて、ようやく立ち上がる。膝ががくがくしていた。

「うわ、浴衣が土だらけ」

隆雄さんが笑って、私の浴衣を払ってくれた。私も同じようにする。

「もう離れられないよ」

「私も。どうしたらいいかわからない」

「ばれないように気をつけるから。香代さんも気をつけて」

私たちはそこで別れて、時間差をつけて部屋に戻ることにした。最後にもう一度、隆雄さんと舌をからめた。そうっと部屋に戻ってみると、健ちゃんはいびきをかいて寝ていた。部屋についているお風呂に入り、全身を洗う。髪の毛の間から、土がぼろぼろと落ちた。浴衣も土だらけなので、タンスから新しいのを出して着た。土だらけの浴衣は丸めて引き出しの奥に入れておく。

午前零時を回っている。隆雄さんと一時間半もしていたんだ。身体中が、心地よく疲れていた。

健ちゃんの寝顔を見ながら、ひとりでビールを飲んだ。私も寝ようと立ち上がると、足の間からとろりと液体が落ちた。隆雄さんのだ。畳に鼻を近づけると、隆雄さんの匂いがした。とたんに頭の回線がこんがらかって、今すぐにでも、隆雄さんのペニスがほしくなる。今夜、隆雄さんは麻美子さんとしたのだろうか。

そういえば、隆雄さんとしているとき、「だんなさんとしたの?」と突然、聞かれた。

「さっき、した」

正直にそう答えると、隆雄さんは急に狂ったように腰を打ちつけてきたっけ。少しは嫉妬してくれたのだろうか。

健ちゃんとするのは今も好きだけど、もう私の身体には隆雄さんのペニスが「刻印」されてしまった。セックスと刻印は違う。

私は隣の部屋に耳をすます。麻美子さんのあえぎ声が聞こえてこないかどうか、気になってたまらない。しばらく待っていたけど、隣の部屋からは何も聞こえてこなかった。麻美子さんがどんなふうにあえぐのか聞いてみたい気もしたけど、隣の部屋が静かなのでほっとする気持ちもあった。

睡魔はどこかへ行ってしまった。露天風呂にでも行こうかなあ、それとももう少しお酒を飲んで寝たほうがいいか。

テレビをつけてニュースを見た。あちこちザッピングしているうち、アダルトビデオが流れてきた。いや、どうも普通のＡＶとは違う。テレビににじり寄ってみると、なんとぼかしやモザイクがない。こんなの流していいのかしらと思いつつ、目がテレビに釘づけになってしまう。

目隠しをされた女性が、足を大きく広げて椅子に縛りつけられている。男がバイブレーターを、女性のあそこに近づけていく。小さな羽状のものが、女性のクリトリスをとらえる。大きなよがり声をあげて、彼女はのけぞる。男が、バイブをぐりぐりと突っ込んだ。

バイブは大きかったけど、隆雄さんのアレのほうが大きいし、ずっと素敵だ。あの弾力と、皮がぴんと張ってすっくり上を向いて立っているところを思い出して、私はまた下半身をぬらしてしまった。

自分を止めようがなかった。健ちゃんを盗み見ると、楽しい夢でも見ているのだろうか。口元が笑っている。健ちゃんは、いつも穏やかで精神的に落ち着いている。自分を制御できないなんてことはないみたい。

私は、何かを入れたくてたまらない。思いついて、化粧ポーチから、プラスチックでできた化粧水のボトルを取り出す。蓋のほうをもって、膣に入れた。最初はゆっくりと、そしてだんだん激しく動かしていく。隆雄さんのペニスで感じたほどの狂気に満ちた歓びはやってこない。

それでも、しばらく動かしていると、だんだん腰のあたりの疼きが全身に広がっていくのがわかった。右手でボトルを動かしながら、左手で胸を揉んだりクリトリスを激しくこすったりした。

カチン、と頭の中でスイッチが切り替わる。濃厚な歓びではなかったけど、あっけなく「イク」ことはイッた。どこか虚しい。より隆雄さんがほしくなっただけだった。

私は、隆雄さんと携帯メールでやりとりをして、ときどき会うようになっている。会うのはたいてい、隆雄さんの事務所だ。この町は狭いから、下手にラブホテルなどを使うと、かえってばれやすい。

昨夜は、家族が寝静まってから、隆雄さんの事務所へ行った。隆雄さんは夕方一回自宅へ戻り、麻美子さんと夕食をとってから、会社に戻るのだという。

隆雄さんは事務所の入り口で待っていてくれた。私が入るなりキスを交わす。キスしながら、私が後ろ手に鍵をかけた。この事務所で何回、したことだろう。鍵をかける手順も慣れたものになっている。

「香代さん。家は大丈夫なの？」

心配する隆雄さんに、私はコンビニの袋を掲げて見せた。

「いざとなったら、お醤油がなくなったからコンビニに行ってたと言うつもり」

「それでわざわざコンビニに寄って、醤油を買ったの？」

隆雄さんは呆れたような顔をする。

「だって隆雄さんに会いたかったんだもん」

そう言ってうつむくと、なんだか涙が出そうになった。隆雄さんは私の髪を優しく撫で、耳元で、

「香代」

初めて呼び捨てにした。それだけで子宮の入り口がきゅんと甘く痛む。

スカートの中に入れてきた隆雄さんの手が止まる。

私はガーターベルトをしていた。これなら下着を脱ぐだけで受け入れることができるし、パンティストッキングよりずっとおしゃれ。隆雄さんはしげしげと眺めて、ストッキングと、それを吊っている紐の間から、少し盛り上がっている太ももの肉を撫でた。

「こういうのが欲望をそそるんだよ。香代は本当にエロいな」

「隆雄さんとしたくて」

「俺の何がほしいの？」

「アレ」

「アレって何？　言ってごらん」

隆雄さんの指が太ももからだんだん内側へと這っていく。

「ほら、言ってごらん」

指が止まった。もっと奥へ来てほしい。

「隆雄さんの……おちんちん」

言うなり、顔が赤くなっていくのが自分でもわかった。だが、一度言ってしまうとたががはずれたように、私はいろいろなことを口走っていた。

「いつもね、身体がばらばらになりそうになるの」

「香代のあそこ、いつでもぐちょぐちょなの」

言えば言うほど、私は興奮していった。

早く隆雄さんのものを入れてほしい。そう思っているのに、隆雄さんは焦らしてばかりいる。

「じゃあ、入れるよ」

ああ、やっと隆雄さんの熱いアレが入ってくる。歓びもつかの間、ひやりとした感触がした。

「いや、何を入れてるの？」

あわてて上半身を起こすと、隆雄さんは私がアリバイのためにコンビニで買った醤油のボトルを、私のあそこにねじ込んでいた。

ボトルは小さめだったけど、隆雄さんは少しずつ入れては出してを繰り返す。だんだん奥まで入れて、スピードもアップしていく。角度も上下左右、あちこち変化をつけるので、私は膣の中がふくらんでいく感覚に、頭がおかしくなりそうだった。

本物がほしいのに、醤油のボトルで感じてしまう自分が恥ずかしかった。そこを隆雄さんは、また的確に突いてくる。

「香代は、こんなボトルで感じるんだ。俺のがほしいなんて嘘なんだろう。入れてもらえば何でもいいんだろ、本当は」

「違う、隆雄さんのじゃないと感じない」

必死で言うけど、私の身体は私の言葉を裏切っている。隆雄さんがボトルを出し入れするたびに、私のあそこはいやらしい音をたてる。

「じゃあ、なんだよ、これは」

隆雄さんはボトルを見せた。粘った液体がボトルから滴っている。

私をソファに座らせたまま、隆雄さんは私の顔の前に仁王立ちになる。私は屹立した隆雄さんのあそこを喉の奥まで突っ込んだ。隆雄さんは、私にボトルを入れて動かし始める。

「だめぇ」

つい声が出た。隆雄さんは私の頭を押さえつける。

足を大きく開き、醤油のボトルを突っ込まれ、口は隆雄さんのあれで埋まっている。

こんなひどい姿でいるのに、これほどエロティックな気持ちになったことはなかった。

ようやく隆雄さんの大きなモノが私の中に入ってきた瞬間、私は完全にイッてしまった。

「もうイッちゃったの?」

隆雄さんの声が遠くに聞こえた。隆雄さんは、そのまま私をがんがん突き始めた。イッているのに、さらに責められると、息ができなくなっていく。このままどこまで感じてしまうのかわからなくて、私は恐怖と快楽の間をひたすらさまよう。

「怖い、隆雄さん、怖い」

すべての細胞が爆発して、私自身も爆発した。

隆雄さんとした翌日は、身体がだるい。芯がなくなったように重くけだるい。なのに、決して気持ちも身体も怠惰にはなっていない。深い快感は、身体の奥底にエネルギーとして蓄積されていくのかもしれない。

「香代、今度の土曜日、隆雄さん夫婦と買い物に行かないか? 前に香代が行きたがってたアウトレットの店。麻美子さんも行きたいって言ってるらしいんだ」

健ちゃんがそんなことを言い出した。

「車は一台でいいよな。俺と隆雄さんが交互に運転するから」

温泉旅行以来、四人で長い時間、外出するのは、なるべく避けてきた。どちらかの家や外で食事ならまだいい。特に車という密室に四人でいるのは、精神的にけっこうつらい。

だけど健ちゃんは、私が喜ぶと信じている。私は健ちゃんを悲しませたくなかった。

「ほんと？　うれしい」

つい一ヶ月ほど前に、車で四十分ほどのところにできたアウトレットモールに、私と麻美子さんはずっと行きたいねと話していた。夫たちが一緒に行ってくれるのは、本当はありがたいことなのだ。麻美子さんの夫が隆雄さんでなければ……。

「帰りにどこかで何か買ってきて、またみんなでウチで食べよう。夕食には宏も呼ぶか」

健ちゃんは本当に人がいい。いつだって、宏くんのことも忘れていない。

私は宏くんと顔を合わせたくなかった。宏くんはほんの隙間のようなチャンスを見つけて、何かしら仕掛けてくる。そして仕掛けられると、私はいつだって反応してしまう。

隆雄さんを想像しながら、宏くんの愛撫を受けたこともあったっけ。

「そう思わない？」

健ちゃんの声が聞こえて、はっと我に返る。

「え？　なに？」

「いや、宏のことだけどさ、アイツ、誰か好きな女がいるみたいなんだよ」

どきりとした。宏くんのことだから、悟られるようなことは言わないはずだけど、破れかぶれになったら、健ちゃんに、私とのことをぶちまける可能性もある。宏くんとのセックスを続けていたら、いつか健ちゃんにばれる。だけど、私から断ち切ったら、宏くんに暴露されるかもしれない。結局、私は宏くんと縁を切ることができないのだ。

宏くんのことも、もちろん嫌いじゃない。私がいちばん愛しているのは健ちゃん。それは決して揺らがないはずなんだけど……。

四人で買い物に行くはずだったのに、なんと健ちゃんに急な出張が入ってしまった。

「俺がいなくても、三人で行っておいで」

健ちゃんはそう言って出かけて行った。隆雄さんに電話をしてくれたらしく、昼前には隆雄さんと麻美子さんが迎えに来た。今さら、行くのをやめるわけにもいかない。

隆雄さんが運転し、助手席には麻美子さん、私は後部座席に乗った。ふたりが並んでいるのを見ると、腹の奥のほうが煮えたぎるような気になる。だけど、麻美子さんと話していると、申し訳なさで胸がいっぱいになる。悪い感情は腹から出て、人間的な気持ちは胸にたまるのだと知った。

「ねえ、香代さん。お宅は、週に何回くらいしてるの？」

麻美子さんが唐突に尋ねてきた。

「何のこと？」

「やあねえ、夜の生活に決まっているじゃない。いいでしょ、三人しかいないんだから。誰にも言わないわ」

ミラーで隆雄さんの顔色をうかがう。隆雄さんは平然としている。

「うちは健ちゃんの出張が多いの。月のうち半分近くいないこともしょっちゅうだもん」

「でも、いるときはけっこうしてるんでしょ」

麻美子さんは今日はしつこい。隆雄さんが相変わらず平然としているので、ちょっと憎らしい。本当のことを言ってみる。

「そうねえ、いれば週に二回くらいはするかなあ」

後ろを振り向いた麻美子さんのまなじりが、ぎゅっと上がったように見えた。

「聞いてよ、香代さん。うちの人、最近、全然なのよ。私、夜になると身体が火照っちゃうの。うちの人は気のせいだって言うんだけど、火照って眠れなくなること、あるわよね」

麻美子さんはからりとした口調で話し続ける。

「前は毎日のようにしたのにね。最近、本当にごぶさたよね」

「もういいじゃないか、香代さんが困ってるよ」

隆雄さんがようやく助け船を出してくれた。

「だって、香代さんの家は週に二回もしてるのよ」

「俺も年だから。健太さんみたいに若いときはがんばったじゃないか」

うふんと麻美子さんが笑う。だが、それからも麻美子さんはやけにセックスの話題にこだわっていた。

アウトレットモールに到着して車を降りると、隆雄さんは素知らぬ顔で私のお尻を撫でた。あんな話のあとに、どうしてこういうことをするんだろうと思いながらも、じわりと濡れてきてしまう。

私は買い物に身が入らない。麻美子さんは何か知っているのではないだろうか。胸の奥がざわざわした。それでも彼女に怪しまれないように、自分のセーターを一枚と、子どもたちや夫の衣服を数点、買った。

「ね、これどう？」

帰りの車中で、麻美子さんは隆雄さんに買ってもらったブランドのバッグを見せてくれる。

「いいわねー。うちなんてとても買えない」

本気でそう言うと、麻美子さんはうれしそうだった。隆雄さんの肩にもたれかかっている。

結局、健ちゃんがいないので夕飯はまたの機会にということになり、私は自宅まで送ってもらった。

夕飯を終えて、みんなが部屋に引き上げてから、私は気が抜けたようにぼんやりしていた。麻美子さんが何か勘づいているのではないか。その思いが私を支配していた。

携帯のメール着信音が低く響いた。きっと健ちゃんからだ。飛びついてメールを開くと、隆雄さんからだった。

「今すぐ、事務所に来てほしい」

たった一行。

麻美子さんに知られているかもしれないという不安の一方で、私は夫婦仲を見せつけられたことに対して、どこか隆雄さんに対してひねくれた感情を抱いていた。

「麻美子さんとしたら？」

一行で返す。

「俺は香代としたいんだよ。だから、麻美子にはバッグを買ってなだめたのに」

バッグひとつで、女の情欲がおさまるものか、と思ったけど、それは教えてあげなかった。

「もう事務所に着いた」

五分後にまたメールが来た。隆雄さんは仕事だと言って、私以外の女も、事務所に引っ張り込むことがあるんだろうか。なんだか腹が立ってきた。文句を言おうと自転車を飛ばす。

「待ってたよ」

隆雄さんに抱きしめられて、身体中の力が抜けた。

「これ」

隆雄さんが箱を差し出す。開けてみると、目が覚めるような美しい紫色の絹のスリップが入っていた。

「香代に似合うと思って。着てみてほしい」

上質の絹ならではの光沢と、しなやかな肌触りに、私はすっかり酔っていく。

ブラも下着もとって、素肌にまとう。事務所の蛍光灯は消され、淡いライトだけになった。

「素肌に着てみて」

「香代、こっちにおいで」

客用のがっしりした椅子に座らされる。隆雄さんが私の足を開き、肘掛けに乗せると、動けないようにロープで縛りつけた。

「お願い、やめて」

思い切り開かれた足は、肘掛けに強く縛られ、身体も背もたれにくくりつけられた。さらに目隠しまでされた。もう逆らえない。

「だんなとは週に二回、してるんだな」

隆雄さんは静かに聞く。私はしかたなく頷いた。

「だんなは香代をどうやって責めるんだ」

「……」

隆雄さんは私のスリップの紐を落とす。胸があらわになっている。

「だんなとすると気持ちがいいのか」

小さく頷いたら、右の乳首に何かが挟まれた。鋭い痛みが走る。次の瞬間、そのクリップが振動し始めた。身体がくねってしまう。

「そんなにいいのか」

隆雄さんは何かを操作しているようだ。振動が大きくなる。

「だんながどうやるのか言ってみな」

乱暴な口調と同時に、左の乳首もクリップで挟む。振動がさらに大きくなり、私はうなりながら身悶えする。だが、せいぜい肩を動かすくらいしかできないのだ。身体ごと椅子に縛られているのだから。

隆雄さんがクリトリスを指で突く。身体の内部から一気に何かがあふれ出ていくような感じがした。

「みだらな女だなあ。誰にでもこうなるのか」

隆雄さんは、クリトリスからヴァギナまでこねくり回すようにいじっている。小さくウイーンとモーター音がした。なに？　腰が引けてしまう。

隆雄さんは、私のクリトリスをむき出しにし、そこへ何かを当てた。

「ぎゃああ」

思わず叫んだ。あまりに鋭い快感で、叫ばずにはいられなかった。隆雄さんが私の口に手を当てる。

気づく。

なのに隆雄さんは、鋭い快感を私に与え続ける。これはバイブレーターだとやっと

「だめ、やめて、お願い。死んじゃう」

縛られていなかったら、私の身体はどこかへ飛んで行っていたに違いない。

「叫ぶな」

温泉で見た裏ビデオが甦《よみがえ》ってきた。バイブを抜き差しされて、もんどり打つように感じていた女の姿を思い出す。

私はバイブを使ったことがない。健ちゃんは、そういうものが好きなタイプじゃないし。あのビデオで私が感じてしまったのは確かだけど、実際に入れられるとどうなるのか想像がつかない。バイブのフリッパーでクリトリスを刺激されただけで、こんなにおかしくなるなんて……。

モーター音はまだ続いている。隆雄さんは、クリトリスをフリッパーでつまみ、振動をだんだん大きくしていく。ああ、もうどうしたらいいのかわからない。頭の中がぐるぐる回る。助けて、誰か助けて。

また叫んでしまう。隆雄さんはハンカチで私に猿ぐつわをした。その間だけ、モーター音がやんだ。

またモーター音がする。あっと思う間もなく、隆雄さんはいきなり私のあそこにバイブを突っ込んできた。私の中に入ったバイブは、中で縦横無尽に踊りまくる。声が出せない。身体も動かせない。私はうめきながら快感に耐える。ビデオの中の女が自分と重なった。こんなにすごいなんて。隆雄さんは、バイブを出し入れしはじめる。最初は小さく浅く、そして思い切り奥へ。奥へ入れるたび、鋭く動くフリッパーがクリトリスを裂くように触れる。腰が砕けてしまう。

「いいか？　だんなより感じるか？」

私はうんうんと首を縦に振る。

「俺より感じるか？」

私は首を横に振った。

「そうか、じゃ、もっと感じさせてやる」

隆雄さんはバイブを大きく回転させたり、いったん抜いてすぐにぶち込んだりということを繰り返す。

私は本当に限界だった。乳首の振動は、最大限になっているようだ。痛いのに気持ちがいい。しかも、腰のあたりから放射状に快感が飛び散って、これ以上感じたら、頭がおかしくなるに決まっていると感じた。怖かった。自分が自分でなくなっていく。

誰かが私をさらっていく。そんな気がしたあと、私は意識を失った。

「香代、香代」

誰かが頬を叩く。うっすら目を開けると、隆雄さんがのぞき込んでいた。

「大丈夫か？」

何が起こったのかよくわからなかった。

「失神したんだよ、気持ちがよすぎて」

隆雄さんに言われて、急に恥ずかしくなった。どのくらいの時間かわからないが、快感が強すぎて意識をなくしてしまったようだ。

目隠しと猿ぐつわははずされていたけど、身体は椅子に縛りつけられたままだった。

「ほら、これが入ってたんだよ、香代のあそこに」

隆雄さんが見せてくれたバイブは大きくて、真っ黒でグロテスクだった。こんなものので感じてしまうなんて。

「もう一回、入れてみる？」

隆雄さんは悪魔のような笑みを浮かべた。

「かわいそうだから、はずしてあげよう」

隆雄さんはそう言うと、私の右足を肘掛けからはずしてくれた。

と、次の瞬間、彼は私の右足を高く掲げ、いきなりバイブをねじ込んできた。

「あぁ」

隆雄さんは左手でバイブを押さえ、右手で乳首のクリップをはずして吸いついてくる。激しい振動に慣れた乳首を舌でころころ転がすようになめ回す。

バイブは私の身体の奥の、さらに奥のほうで暴れまくっている。

隆雄さんはついに我慢できなくなったのか、私を縛りつけていたロープをすべてはずした。自由になったので立とうとしたがまったく立てない。本当に腰砕けだった。床に崩れ落ちると、隆雄さんのモノが目に入った。先っぽから汁がしたたり落ちているのを見て、私は口を開けて這っていった。

隆雄さんのモノを飲み込むようにくわえ込む。ああ、おいしい。これがほしかったの、これが。頭を上下させて激しく動かす。

隆雄さんは私の両肩をつかんで口をはずさせると、四つんばいにさせた。

後ろから隆雄さんが入ってきた。私の腰を両手でつかみ、リズムを合わせて激しく動かす。獣になったような気持ちだった。だが、隆雄さんにならば、何をされてもよかった。

「いい、すごくいい」

私はその体勢で隆雄さんと目を合わせようとした。隆雄さんが私の首を抱え込んでキスをしてくる。突かれながら舌を思い切りのばして絡め合わせる。

隆雄さんは入れたまま、少しずつ体勢を変えていく。そして隆雄さんが上になった。私を抱え込むようにしながら、腰だけを激しく動かす。どうしてこんなに器用なんだろう。

身体のすべてが密着している。気持ちがいい。私は隆雄さんの肩に軽くかみついた。

「いいよ、噛んで」

隆雄さんが甘く囁く。皮膚の感じが心地よくて、私は歯を立てた。きっと痛かったはずなのに、隆雄さんは何も言わない。歯形がくっきりと残っていた。

隆雄さんが私に刻印したように、私も隆雄さんに刻印した。これで麻美子さんとはできないはずだ。

「麻美子さんとする？」

「しないって言ってるだろ。香代こそだんなとするんだろ」

「する」

隆雄さんは一瞬、せつなそうな目をし、一心不乱に腰を動かし続ける。私はイキっぱなしになってしまった。

隆雄さんは最近、いつも私の中で果てる。ピルを飲んでいることも白状した。隆雄さんが終わっても、私の身体は元には戻らない。がくがくと痙攣が続いている。隆雄さんはしばらくじっと抱きしめていてくれた。

「最近、すごいね」

「身体が変わってしまったのよ。もう隆雄さんしか受け入れられない」

「そう言いながらだんなとするんだろ」

健ちゃんとしてほしくないなら、私の身体に何か目につく痕跡を残せばいい。なのに隆雄さんはそういうことをしようとしない。言葉だけで私を責める。

彼にとって、それが興奮のもとになるのかもしれない。だけど私は隆雄さんに本気になりかけている。このまま隆雄さんにはまっていったら、何もかも失ってしまうかもしれない。だから私も、「私は健ちゃんのものだ」と言い張るしかないのだ。

隆雄さんの事務所を出て、よろよろと自転車を押して歩いた。途中で立ち止まってひとしきり泣く。泣いている最中、健ちゃんからメールが来た。

「今日はごめんな。買い物してきた？　明後日には帰れるからね」

そうだ、健ちゃんにもあったかそうなセーターを買ったんだった。

「健ちゃんのセーター、買ったよ。私からのプレゼント」

「おお、うれしいな。早く見たいよ」

隆雄さんに責められた膣がひくひくと自己主張を始める。だけど、私はそれを無視して、健ちゃんにメールを打ち続ける。

「健ちゃんがいないと寂しい。健ちゃんがいないと、香代は生きていけないの」

「どうしたんだよ。大丈夫だよ。俺は香代を一生、愛し続けるから」

メールだから、ふだん言わないような甘いことも書いてくれる。

隆雄さんや宏くんと関係を続けていっている今、私の頼りは健ちゃんだけだった。変な言い方かもしれないけど、健ちゃんの存在が、私の日常生活を救ってくれている。

電話が鳴った。

「香代？　大丈夫？」

健ちゃんからだった。

「健ちゃん」

「今、どこにいるの？」

「眠れなくて、ちょっと散歩に出た」

「危ないよ。早く帰ったほうがいい」

そうだね。外は危ない。早く帰ったほうがいいのはわかってる。だけど、眠れない夜は、外で自分に刺激を与えることも大事なの。私は心の中で健ちゃんにそう言った。

久美子の日記

校門を出るなり、私は思わずふうっと大きなため息をついた。

娘の春香が通う女子校の担任に呼び出され、

「最近、成績が下がっている。このままだと希望する大学の推薦は受けられない。何か家庭に問題があるのではないか」

と、ねちねちと嫌みを言われたところだった。

嫌みだけでなく、三十歳前後と思われる担任の男性教師は、私の胸元から視線をはずさなかった。彼の撫で回すような視線を思いだし、胸元を手で払う。

他の男がたとえ視線を注いでくれても、実際はもう何年も、このふくらみには誰も触れていない。そう、唯一、触れる権利がある、あるいは義務があるはずの夫でさえ。

触れられなくなってから、私の胸は大きくなった。それが欲求不満の表れのように思えて、自分の身体が恨めしかった。

とにかく、帰ったら春香と話し合わなくては。本当は夕食のための買い物をしていくつもりだったが、そんな気力はなくなってしまった。私は家路を急ぐ。

帰ると、玄関に春香の靴と並んで、若い男が履くスニーカーがあった。怪訝に思って、二階の春香の部屋へと向かう。

「ああん」

鼻にかかった甘えたような声が聞こえ、私は立ちすくんだ。まさか……。

春香の部屋のドアを数センチ、開けてみる。ベッドの上でのけぞる全裸の娘の姿が飛び込んできた。若い男は、春香の両足を広げて自分の肩に乗せ、腰を小刻みに動かしていた。

春香の真っ白に輝く肌がピンク色に染まり、乳首が大きく立っているのが見えた。リズミカルに動く彼に合わせて、春香はだんだんせっぱ詰まった声を上げていく。

男の手が春香の胸をわしづかみにする。荒々しく。その手から柔らかいふくらみがこぼれている。

私の心臓は早鐘を打っていた。身体の中から何かが流れていくのを感じ、そのまま部屋の前を離れた。どうしたらいいかわからなかった。

私はバスルームへ行く。下着を脱いだとき、粘りけのある液体が糸を引くのが見えた。シャワーを全開にしてボディシャンプーを泡立てて全身を洗った。担任教師の嫌らしい目で肌が粘つくようだ。同時に今見たばかりの光景に私は興奮していた。

全開にしたシャワーを下半身に当てる。じわじわと下半身がしびれていった。

バスルームを出てローブを羽織り、リビングへ行こうとすると二階から娘と男が下りてきた。

春香の顔はまだ上気している。だが、私を見ると悪びれもせず、

「あ、ママ、帰ってたの。彼、紹介するね。こちら長瀬亮介くん」

春香は自分が通う高校の近くにある名門の私立男子校の名前を告げた。我が家から彼の家までは、自転車で十五分くらいの距離なのだという。

どこで知り合ったの？　つきあってどのくらいになるの？　聞きたいことは山ほどあったが、私は春香の上気した顔が気になって、言葉を出せずにいた。

「留守のときに上がってすみません」

彼は頭を下げた。悪い子ではないらしい。顔を上げて私をまっすぐ見た目が、とても澄んでいた。

「私が来てって言ったの。勉強を教えてもらいたかったから」

春香が助太刀する。こんなに若くても、すっかり女だ。男をかばうことを知っているのだから。

「おかまいもしませんで、ごめんなさいね。今度は私がいるときに来て」

最後に少し嫌みを効かせる。彼はもう一度、会釈して「おじゃましました」と靴を履いた。

「私、ちょっとそこまで送ってくる」

春香があわてて後を追った。後ろ姿を見ると、腰のあたりの丸みに「女」が漂っている。娘が家でセックスするような年齢になっているのだと、改めて気づいた。

二十三歳のとき、十歳年上の夫と見合い結婚した。春香はその翌年に生まれた。もうひとりくらい子どもがほしかったけれど、できなかった。一人娘だから、夫は春香を溺愛した。娘が小学校に上がるころから、すでに夫とは夜の生活が間遠になり、ここ五年くらいは夫に触れられた記憶がない。

私は夫しか知らない。セックスの快感というのもよくわからない。十七歳の春香は、すでに腰が丸くなるようなセックスをしていたのかと、私は衝撃を受けていた。

春香の成績が下がった理由は、おそらく恋なのだろう。もうセックスしてしまっている春香に、今から何を言っても遅い。だが、つきあうのは大学に行ってからでもいいはずだ。彼だって受験を控えている身なのだろう。あちらの親御さんに相談したほうがいいのだろうか。私の心は千々《ちぢ》に乱れていった。

春香が戻ってきたが、私は、やはり彼女たちのセックスを見てしまったとは言えなかった。春香は、私にあの姿態を見られたと、想像もしていないのだろうか。見られたと思いながら平然と振る舞っているのなら、ずいぶん神経が太いし、疑ってもいないのなら、やることに比べて考え方が子どもすぎる。

「春香、ママは今日、ずいぶん先生にいじめられたわよ」

「ごめんなさい」

春香は素直だった。

「成績さえよければいいというわけじゃないけど、あなたにはやりたいことがあるんでしょう？　今がんばらなかったら、あとで後悔するわよ」

「わかった」

春香は言葉少なに、自室へと上がって行った。その足音を聞きながら、あの部屋で、ついさっきまでおこなわれていた男女の行為を、私はまたも思い出していた。

春香の乳房にむしゃぶりついていた彼の、まだ幼さが残る顔。とろけるような快感にうっとりしていた春香の大人びた表情。ふたりの関係が、本当に恋愛と言えるものかどうかはわからないけど、少なくとも、ふたりは極上の快感に酔っているように見えた。

私は娘に嫉妬しているのだろうか。その晩、帰ってきた夫にも、私は何も言えなかった。夫が脱ぎ捨てたスーツを片づけていると、バーの女性の名刺が出てきた。こんなことでうろたえる時期はとっくに過ぎた。どうせ夫には女がいるのだろう。酔って寝ている夫を見て、私はため息をつくしかなかった。

夫に何を言っても、

「家のことは任せるよ」

の一言で、すべてがすまされてきた。

私は、春香のようにとろけるほどの快感を得たことがない。

ひとりでお風呂に入りながら、私は自分の胸を触ってみる。何年も男に触れられていない胸が、悲しく見えた。もう一生、誰にも触られることはないのだろうか。自分で自分の胸を揉みしだく。

お風呂から出て、鏡に身体を映してみた。若いときに比べて、すべてが垂れている。だけど、誰も触れる価値がないほどのものなのだろうか。じっと鏡を見ていると、後ろにふっと人影が映った。バスローブを着る間もなかった。夫だった。夫は私の身体をじっと見つめる。私も身じろぎひとつできず、鏡の中から夫を見つめていた。

夫が後ろから私の胸に手を伸ばしてきた。乳首を爪でつまむ。あれほど誰かに触れてほしいと、今の今まで願っていたのに、私は甘い気持ちにはなれなかった。夫の力が強かったせいかもしれない。

夫はそれでも鏡を見ながら、私の身体に触れ続けた。胸をぐいぐいと揉みながら、後ろからあそこに触れる。濡れていないとわかると、自分の指に唾液をつけた。私はだんだん惨めな気持ちになっていく。だが、夫はそんなことにはおかまいなしだ。

ちゃんと抱きしめてほしかった。そうしたら、きっと私は向き直って、夫を抱きしめることができるのに。鏡の中の私は、後ろから夫に弄《もてあそ》ばれながら、泣きべそをかいている。

夫は私の中に指を入れ、ひたすらかき回している。やる気もないのに、行きがかり上、してやっているという感じが伝わってきて、私はますます自分がかわいそうになっていく。

「したいか」

夫が囁いた。したい。確かにしたいけれど、相手は夫ではない。夫とはしたくない。私の心の中はそう叫んでいたけれど、そのまま言葉にはできなかった。

私はしかたなく頷いた。

「オマエも女なんだな」

夫はそんな失礼なことを平然とつぶやく。自分のペニスを一生懸命、しごいているようだ。だが、飲み過ぎたのか、すでに誰かとしてきたのか、なかなか思うようにはならないらしい。

夫は私を向き直らせ、跪《ひざまず》かせた。頭を押さえつけ、柔らかいペニスを口に押し込んでくる。

「オレを感じさせるんだ」

夫は高飛車に命令してくる。私はしかたなく、夫のペニスを必死でしゃぶった。だが、夫のそこは元気になることはない。

夫はいらだって私をそのまま床に押し倒した。周りを見渡し、私の化粧水の瓶を取り上げる。私の片足をぐいっと上げると、瓶をあそこにあてがい、一気に押し込んできた。ひやりとした感覚が、私をよけいに冷めさせる。

痛かった。それ以上に虚しかった。夫は数回、瓶を出したり入れたりしていたが、反応しない私に飽きてしまったらしい。

「感じないのか。つまんない女だな」

言うなり、瓶を置いて踵《きびす》を返した。

私はひとりで泣いた。いきなり瓶を入れられて感じる女が、世の中にいるのだろうか。そう反発しながらも、「つまらない女」という夫の言葉が耳に残った。

あれから、春香が家に亮介くんを呼んでいる様子はない。ふたりは外で会っているのだろうか。私は娘の成績を心配しながら、実は娘が女になっていくことを疎ましく思っていた。

それでも春香の成績はあまり上がらなかった。もうじき高校三年生になるというのに。二年次の内申書は惨憺たるものだった。それなのに、彼女はちっとも堪《こた》えているように見えない。恋にのめり込んでいるに違いない。恋しているなら、きっと受験などどうでもよくなってしまうのだろう。それとなく、

「勉強に身が入らない理由があるの？」

と尋ねても、何もないと言われるだけだったから。

ある日、私は春香に亮介くんのことを聞いてみた。

「例の彼とはうまくいってるの？」

「うん」

春香はうれしそうに言った。どうやら私が尋ねるのを待っていたようだ。彼のことをいろいろ教えてくれた。彼は、幼いころに両親が離婚し、祖父母に育てられた。今は祖父も亡くなり、祖母とふたりきりの生活だが、祖母も病気がちなのだという。

私は彼のどことなく大人びた立ち居振る舞いを思い出した。祖父母は彼をしっかりしつけたのだろう。だが、彼も若い。セックスの魔力には抗いきれないのではないか。

春休みのある日、春香が携帯電話を家に忘れて予備校へ行った。私は思いあまって、彼女の携帯を見て、亮介くんの電話番号をメモした。こうなったら、彼に直接、頼み込むしかない。私の携帯から電話してみると、すぐにつながった。時間があったら会ってほしいと言うと、彼は、

「今からでもいいですよ」

と、あっさり承諾した。彼が指定した、繁華街の喫茶店へおもむいた。中学生や高校生の若い男女で混雑する細い通りを抜けたところに、その店はあった。渋いジャズの流れる店だった。

入っていくと、すでに亮介くんは来ていて、私を認めて立ち上がった。

「いつも娘がお世話になって」

そう言うと、彼はまじめな顔で言った。

「僕のほうが、いつも春香さんに励まされています」

その言葉に少し感動しながらも、言うべきことは言わなければならなかった。

「今日はあなたにお願いがあって来たの」

「はい」

亮介くんは身を乗り出してきた。

「知っているかどうかわからないけど、春香はこのところ成績が下がってるの。別にあなたが悪いと言っているわけじゃないのよ。だけど好きな人ができると、他のことに目がいかなくなるのよ、女の子は」

私はせつせつと訴えた。暗にセックスに溺れているように見えるふたりに、注意を促すつもりだった。

「わかりました。まったく会わなくなると、春香さんも不安になると思うんです。少し会うのを減らします。会うときは図書館などで一緒に勉強することにします」

彼は頭の回転が速い。私の気持ちを察していた。

「好きな人がいるのは、いいことだと思うのよ」

私は未練がましく言い訳していた。亮介くんは、あのとき私が見ていたことを知っているのかもしれない。

「ただ、僕は春香さんのことが本当に好きだし、真剣につきあっているつもりですから」

亮介くんは静かに、だが堂々と言った。

「ありがとう。よかったら、今度、ご飯でも食べに来て。おいしいもの作るから」

そう言うと、彼は白い歯を見せてにこっと笑った。

「あ、それからお母さんが僕に会いに来たこと、彼女には言いませんから安心してください」

何もかも、十七歳の少年に見透かされていた。だが、不快感はなかった。この子に惚れるとは、春香もなかなかやるものだという気がしていた。どこか少しだけ寂しそうに見える少年だけれど、それは環境がそうさせているのだろう。

もうしばらく店にいるという彼を残して、私は外へ出た。少し心の重荷を下ろしたような気がしていた。

家に戻ると、春香は戻っていて、少しいらいらしていた。

「どうしたの?」

「なんでもない」

だが、ふたりで夕食をとりながら、春香は急に話し始めた。

「ねえ、ママ。男も女も、好きな人には会いたいものだよね」

「そうね。でも自分に今、どうしてもやらなければいけないことがあったら、好きでも会えない場合もあるんじゃないかな」

「亮介くんがね、勉強が忙しくなるから、少し会えなくなるかもって言うの」

「お互いに大事な時期だものね」

亮介くんは早速、私との約束を守ろうとしてくれているのだ。春香の様子をうかがうと、青ざめた顔をして、じっと何か考え込んでいる。


その後、春香は成績だけでなく、精神的にも不安定になっていった。亮介くんと頻繁に会えなくなったことでバランスを失っているのだろうか。私はかえって、彼女によくないことをしてしまったのかもしれない。私はまた亮介くんに電話をかけた。

「学校の帰りに、よかったら家に寄ってくれない？」

春香と彼にご飯でも食べさせようと思った。それで春香が元気になってくれれば。

それくらいなら、最初から放っておけばよかったのだと気づいた。

もしかしたら、私はセックスに溺れていく娘を見ているのが嫌だったのかもしれない。

　夕方、亮介くんがやって来たが、春香はなかなか戻って来ない。

「おかしいわねえ」

　リビングで彼と向かい合って座りながら、そう言いながら、私は彼の視線に気づいた。私は胸の大きくあいたカットソーを着ていたのだが、少し私が前かがみになるたびに胸が見えていたようだ。

　いつも落ち着いている亮介くんが、どぎまぎしていた。それがなんだかかわいくてたまらなかった。

「ねえ、亮介くん」

　私は彼の隣に座り直して、囁くように言った。彼の手を握る。若い男の子には、かなり刺激が強かったようだ。彼が震えているのがわかった。

「いいのよ」

　私は彼の手をとって、胸元からその手を入れさせた。汗ばんだ手が、私の胸に触れている。

　亮介くんは、ついに我慢できなくなったのか、私をソファに押し倒した。唇だけではなく、顔中にキスしてくる。性急な若さが新鮮だった。

私は脱がせやすいように協力していく。亮介くんは汗を滴らせながら、私のカットソーを脱がせ、自分も脱いでいった。

おへそにつくくらいまっすぐに立ったペニスがまぶしい。彼は私の胸に顔を埋めると、ろくに愛撫もせずに、すぐに挿入しようとする。押しとどめようかとも思ったが、実際は私も彼を欲していた。

自分でもびっくりしたのだが、私はすでに濡れていた。彼がしたのは私の胸に触れ、顔を埋めただけだ。それなのに。

彼はすぐに入れてきた。ぐっと入れられたとき、思わず身体がのけぞった。春香ののけぞった白い喉元を思い出す。春香はこのペニスで感じていたのかと思うと、今までに感じたことのない甘い快感が腰のあたりからじわじわやってきた。

亮介くんは、入れてすぐに果ててしまった。恥ずかしいのか、ぐったりと私に体を預けたまま動かない。

「すいません」

ようやく上半身を起こし、私を見下ろして謝った。子どものようなあどけなさが見え隠れする。

「早すぎて何も感じなかったでしょ」

彼は小声で言う。

「大丈夫よ」

ひとつどうしても気になっていたことを言ってみる。彼がコンドームを使わなかったことだ。

「春香とのときは、ちゃんと避妊してるんでしょうね」

「してます。立ったらすぐつけてます。あ、でもここのところ、春香さんとはしてませんよ。お母さんと約束したから」

やはり彼は、春香と距離を置いてくれていたのだ。だがそれが、春香を苦しめることになっている。そのことは亮介くんには言えなかった。

「身体がもやもやしたら、私に連絡してくれてもいいのよ」

今度はもっとちゃんと愛撫の仕方を教えよう。挿入後の動き方も。それがこの子の将来のためだと思いながら、実は私自身の好むセックスをしてくれる男に育てようと思っている自分に気づいていた。

彼は私の胸にキスした。何度も何度も。そして私たちは顔を近づけ、舌をからめながらお互いの唾液を吸った。私が彼の歯の付け根を舌で愛撫していくと、彼は小さくうめく。彼のペニスがまたぐんぐん大きくなっていくのがわかった。

「入れたいの？」

意地悪く聞くと、彼は私の目を見つめてせつなそうに頷いた。

腰を浮かせて、彼が入ってくるのを助ける。

「そのまま。動かないで」

私は彼の腰に手を回して動きを止める。動いていないのに、私の中で彼のモノがびくびくしているのがわかった。気持ちがよかった。

「もう動いていい？」

しばらくすると亮介くんがしびれを切らした。

「いいわよ」

彼は急に腰を動かし始める。猛獣のように荒々しかった。そんな彼を見ているのが楽しかった。持っているすべての力を、この一瞬に解き放っていく若さが羨ましくもあった。

「気持ちいい？」

「すごくいい。中がまとわりついてくる」

亮介くんは息も絶え絶えに言った。

私も少しずつだったが、下半身がしびれるような感覚に見舞われていく。

じんわりと気持ちよさが身体中に伝わってきたところで、亮介くんは、

「ああ、もうダメだあ」

叫んで一気に終わってしまった。私は置いてけぼりだったが、彼を恨む気にはなれない。

「ごめん」

亮介くんが私の胸の上でつぶやく。

「何が？」

「あなたはまだだったんでしょ」

私がイッていないのをわかっていたようだ。春香なら、あの程度でちゃんと感じるのだろうか。

「すごかった」

亮介くんは、またつぶやく。何がすごかったの？　私は春香と比べてどうだったの？　聞きたいけれど、娘と自分を比べるなんて、あまりに情けない。

亮介くんの頭を撫でる。さらさらした髪の毛が気持ちいい。髪の毛一本一本から若さが漂ってくる。

春香が帰ってきたら大変だ。私は彼を急かせてシャワーを浴びさせ、追い出すよう

に帰らせた。

　玄関で彼は振り向き、何か言いたそうに私を見た。

「なあに？」

　彼は小さく首を振ると、そのまま会釈して出て行った。

　春香が帰ってきたのは、その二十分後だ。どことなく元気がない。春香の顔を見たら、さっき亮介くんとむつみ合ったことが生々しく思い出され、子宮がきゅっと縮んだ。

「最近、亮介くんに会ってるの？」

「あんまり会ってない。電話だけ。彼、塾にも行ってないんだけど、最近はアルバイト始めたんだって。受験、大丈夫なのかなあ」

　心から心配しているのがわかって、私は胸が痛んだ。

「今度、うちに連れて来たら？」

「うん……」

「春香。好きな人と一緒にいたい気持ちはわかるけど、今は大事な時期なのよ。お互いにね」

「わかってるってば」

春香は急に私をにらむようにして、二階へと上がっていく。若い娘の気持ちはころころ変わる。

夕食の支度をする気にもなれず、私はリビングのソファに座り込んだ。亮介くんとここで結ばれてしまったことが、リアルになったり急に白昼夢のように思えたりする。どうやら私も若い娘に負けず劣らず、心が乱れているようだ。

なぜか、娘の恋人を奪ったという実感はないことに気づいた。罪悪感もない。私は、どこかおかしいのだろうか。


数日後、亮介くんから私の携帯に電話がかかってきた。

「相談したいことがあるんです」

前に会った喫茶店で待ち合わせた。

「ごめんなさい。僕、どうしてもあなたに会いたくて。相談したいことがあるなんて嘘です」

亮介くんは頭を下げた。

「もう一度したい？」

私は自分が悪女になったような気分だった。亮介くんは、耳まで真っ赤にして頷いた。

本当は私のほうこそどぎまぎしていた。私も彼とまたしたかったから。好きとか嫌いとかの感情を越えて、私はこの若い男とセックスしまくりたかった。そして「イク」感覚を自分のものにしたかった。

なぜ彼でなくてはいけないのかはわからない。ただ、目の前にいたからかもしれないし、娘の恋人だからかもしれない。

だが、娘には受験がある。セックスに溺れてはいけない。その分、私が彼の性欲に対して責任をとらなくては。理屈にならないけれど、私はそんなふうに思っていた。

私はじっと彼を見た。彼も私を見つめていた。私たちは黙ってそこを出て、すぐ近くにあるホテルへとかけこんだ。亮介くんに一万円を握らせた。彼は部屋を決め、私をエスコートしてエレベーターに乗る。

「こういうホテル、初めてなんです」

彼はうつむいたまま言った。実は私も初めてだったが、そんなことは言えない。私は彼の頭を抱え込み、彼の口の中に舌を滑り込ませた。彼の下半身が瞬く間にふくらんでいくのがわかる。エッチな女になりたかった。彼なら、私をそうさせてくれると信じていた。

部屋に入ると、亮介くんは私を力一杯抱きしめた。舌をからめながら、私は右手で彼のジーンズのジッパーを下ろす。下着の中から、彼のペニスはすぐに飛び出してきた。

そのまましゃがみこんで、彼のペニスの先端を舌でつつく。彼が小さくうめいた。そこはすでにこれ以上大きくなりようがないくらい張っていた。

喉の奥まで入れて、リズミカルに頭を動かす。舌を使って螺旋状に下から上へとしごきあげる。カリを唇でめいっぱい締めつけてもみた。知識として知っていたけれどやったことのないことを、私は彼で試していた。彼は両足を踏ん張って、必死で我慢している。私はなおも彼を責め続けた。

亮介くんが腰を引こうとする。私は彼の足をがっちり抱え込んだ。

「だめです。もう……。我慢できない」

亮介くんが泣きそうな声を出す。

「終わっちゃだめよ。違うことを考えるの」

私は彼のペニスから口を離し、顔を見上げて、わざと厳しい口調でそう言った。亮介くんは、大きく深呼吸をする。

再び、ペニスをしゃぶりまくる。左手でペニスをしごきながら、睾丸を口に含んで優しく転がした。彼がうめいているのが聞こえた。私の中で、もっといじめてやりたいという欲望がわき出てくる。

ジーンズと下着を脱がせ、ベッドに横たわらせた。私は服を着たままだ。彼の太ももから腰のあたりにキスし、舌を這わせる。彼のペニスは直立したまま、先端だけが震えているが、そこは避けて周辺を念入りに愛撫していく。

「お願い……。久美子さん」

彼が初めて私の名前を呼んだことに感動してしまう。だが私は感情を押し殺して言う。

「何してほしいの?」

「おちんちん……」

「何?　言わないとわからないわ」

「なめて」

「どこを?」

「おちんちん……。なめて」

「すぐ終わったら許さないわよ」

私は彼のペニスの先端をくるりとなめた。うぅぅと彼がくぐもった声を出す。唇を必死で噛みしめて我慢しているのが見えた。

ペニスをくわえ、手で睾丸を優しく撫で回す。そのまま肛門へと至る道筋を、爪の先ですうっと撫でた。

「あああ」

深く尾を引くような声を上げて、彼は私の口の中で果ててしまった。私はすぐに飲み込んで、そのまま彼のペニスを口でしごき続けた。

「お願い、久美子さん。やめてぇ」

亮介くんは半泣き状態だが、私はやめなかった。ペニスはしぼむことなく、また力を取り戻していく。私は右手の薬指に唾液を垂らして、彼の肛門へと指を滑らせていった。周りをそっと撫でてから、少しだけ指を入れてみる。一方でペニスを激しく舐め回した。左手は、彼の乳首をつまむ。彼の身体が、意思とは関係なく弾けるように動く。

「動いちゃだめ。お尻の穴が裂けるわよ」

冷たく言う。

「久美子さん、助けて。お願いだから」

亮介くんは、再度、私の口の中に発射した。

自分の中に、これほど冷酷な気持ちと優しさが同時にわき起こるとは、思ってもみなかった。

私は亮介くんをとことん感じさせたいと思う一方で、どこまでもいじめてみたかった。男が哀願するのを見るのは、なんて気持ちがいいんだろう。そして亮介くんは、なんてかわいいんだろう。

彼の精液が喉から胃の奥へと送り込まれていくとき、私は恍惚とした気分になっていた。彼が出したというよりは、私が出させたという勝利感のほうが大きかった。

亮介くんは、ぐったりして動かなくなった。私は服のまま彼に覆い被さり、耳元で囁く。

「終わったらダメだって言ったでしょう？　お仕置きするわよ」

その言葉に、彼はびくっと身体を震わせる。

「何でもする」

「じゃあ、今度は私のを舐めてもらおうかしら」

亮介くんは重そうに身体を持ち上げた。目を瞬かせている。かなり疲れているようだが、私はもっともっと彼をいじめたかった。

「どうすればいいの？」

亮介くんはあどけなさを残した瞳をこちらに向けて尋ねる。

私は仰向けになり、膝を立てた。彼は私の足の間に顔を埋め、舌を使い始めた。

「ダメ、へたくそね」

「だって僕、わからないんだもん」

私は自分の指でクリトリスをむき出しにして見せた。

「ほら、これがクリトリスよ」

「わあ」

亮介くんは自分の指で押さえると、クリトリスを吸った。いきなり吸うなんて、セックスのセンスはかなりいいのかもしれない。私の腰が震える。

「久美子さん、感じた？」

「もっといろいろするのよ。舐めたりキスしたり」

亮介くんは素直に続ける。リズミカルな舌使いに、私の身体は断続的に痙攣していく。ああ、これがイクということなのかもしれないと思ったとき、身体の内側から自分が爆発していくような恐怖感が襲ってきた。

「ダメ、亮介くん、やめて」

彼は私の反応を見て何かを感じたのだろう、やめるどころかますます激しく、クリトリスへの刺激を繰り返す。

自分の意思と関係なく、身体がこれまでにないくらい反っていった。私の口から獣のような咆哮が飛び出していく。

身体中が痙攣し続ける。それでも彼はやめない。なおかつ、指を膣に入れてきた。そこはもうあふれかえるくらい濡れている。私はかつてこれほど濡れたことはない。反った身体が元に戻らない。彼は指を出し入れする。ぐいっと中に入れて、膣壁を丁寧になぞったりもした。反ったまま、私は歯をがちがちと鳴らして吼え続けていた。

「久美子さん、入れたい」

まだだめとは言えなかった。本当は身体中への愛撫の仕方を教えたかったのに、私のほうが耐えられなくなっていた。

亮介くんは私に覆い被さり、身体を密着させたままペニスをぐいっと押し込んできた。

私はまさに撃沈した。身体中がしびれて、膣の中以外の感覚がまったくなくなっていく。身体中が膣になったと言ってもいいのかもしれない。

亮介くんが静かに動き出した。突然、私の乳首をつねり上げたので、ふと我に返った。

「痛かった？」

見上げると、亮介くんが私を見つめている。目がせつなかった。

「久美子さん、僕を見て」

亮介くんが懇願してくる。私は彼の頭を抱え込む。なぜだかわからないけれど、彼の抱えている悲しみと、私のそれとが同じ種類のもののような気がしてならなかった。

「久美子さん」

上から滴が垂れてきた。見ると亮介くんが泣いていた。

「どうして？」

私は下から彼の涙を指で拭く。

「わからない。すごく気持ちがいいんだ。すごく幸せなんだ」

その言葉を聞いて、今度は私が泣いた。彼の喜びと彼のせつなさが、私の心にダイレクトに響いてくる。私は起きあがろうとした。亮介くんが抱き起こしてくれる。

顔を見つめあいながら、ふたりで激しく揺れた。そのまま彼は後ろへ倒れ、私は彼の上になる。

騎乗位なんて、ほとんどしたことがなかった。だが、私は彼の上で激しく前後左右に身体を動かし続けた。

「ああ、いいよ。久美子さん、我慢できなくなってきた」

亮介くんが悲痛な叫び声を上げる。

「ダメよ、まだイッちゃダメ」

私はようやく我に返る。このかわいい男をどうやって育てていこうか。それればかり考えていた。

亮介くんは体を入れ替えて私の上になり、すぐに私の中で果てた。荒い息を吐きながら、体を預けてくる。

私は彼の背中を撫でていた。かわいい亮介くんを、もっといじめたい。自分好みの男に仕立ててみたかった。

「久美子さん、一緒にお風呂に入ろう」

亮介くんは無邪気にそう言ったが、バスルームの光の中で、彼に裸をさらす気にはなれなかった。

代わりに、シャワーを浴びて出てきた彼をタオルで包み込むように拭いてあげた。ペニスにキスをすると、彼のそこはまた大きくなりかけた。

「久美子さん」

彼が抱きついてくるが、私は甘く、だがクールに言い放った。

「お預けよ」

「今度はいつ会えるの？」

「わからないわ」

亮介くんがうつむく。セックスでいじめるのはいいが、こういう責め方はよくないのかもしれない。

「またすぐ会えるわ」

そう言うと、彼の顔が明るくなる。

ホテルを一緒に出るのは、さすがに気が引けた。

「あなたは右へ行って。私は左へ行くから」

出口でそう囁くと、亮介くんはぷっと頬をふくらませたが、

「本当にまた連絡してね」

と、右へと歩いて行った。しばらくその後ろ姿を見送ってしまうが、私は意を決して左へと歩き出す。

身体がまだ快感に疼いていた。今別れたばかりなのに、私のほうこそ、またあの快感が欲しくなっている。あれが「イク」ということなら、私はあんなに素敵な感覚を、今までまったく知らずに生きてきたのだ。

急に夫に対して怒りがわいてくる。私を女にしないままに子どもを産ませ、さらにその後も放ったらかしだ。夫だったら、妻の性感くらいとことん開発してみろと言いたくなった。

だが、私があの快楽を知っていたら、亮介くんを誘惑するようなことをしただろうか。きっとしなかったに違いない。そう思うと、夫に置き去りにされてきたからこそ、若い彼とあんなことができたのかもしれないとも思う。

次があるかどうかわからない。私は底のない快感を知って初めて、娘の気持ちを思いやった。彼は春香の恋人だったのだ。

どうしよう。急にうろたえた。娘の恋人と寝てしまった母親なんて、最低ではないか。娘にどういう顔で会えばいいのだろう。

家に戻ると、春香はすでに帰宅していた。相変わらず、あまり元気がない。

「どうしたの？」

内心、びくびくしながら声をかけた。

「なんでもない」

春香は携帯をいじりながら、自分の部屋へと消えていった。亮介くんからのメールでも待っていたのかもしれない。

鏡を見る。頬にうっすらと赤みがさして、肌がつやつやして見えた。身体はだるくて重かったが、心地いい疲れでもあった。

夕飯の支度をしながら、醤油の瓶を見ても、胡椒挽きの容器を見ても、思い出すのは亮介くんのペニスだった。あのペニスが欲しい。しゃぶりたい、膣に入れたい。そればかり考えている。快感が欲しい、快感が知りたい。この何年かずっとそう思ってきた。このまま死んでなるものか、このまま女として朽ち果てていきたくはない。壮絶なまでのそんな気持ちが、亮介くんという男を引き込んだのではないか。あるいは、もしも神様がいるのなら、私の行き場のないせっぱ詰まった気持ちを知って、彼を差配してくれたのではないか。

そんなことを考えながら、私は夕飯を作っていた。今日は夫はいらないと言っていたから、春香とふたりで簡単にすませるつもりだった。春香はカレーが大好きだから、冷凍してある自家製のルウを溶かし、具を加えて煮詰めていく。あとはこれまた春香の好きなフルーツサラダを作る。

私は春香への贖罪《しょくざい》のつもりで、この夕飯を用意しているのだろうか。もちろん、春香に亮介くんとのことを話すつもりはいっさいない。だが、何かのきっかけから、彼が春香に話してしまったら……。まさかとは思うが、彼もまだ娘と同い年の子どもなのだ。

　私は突然、自分の罪深さに思い至った。だが、後悔と同時に、あの深い快感が甦《よみがえ》ってくる。苦しかった。あの快感をまた味わいたい。だが、味わうには春香を裏切らなければならないのだ。私は母親なのに。娘を愛しているのに。娘への愛情と、自分の快楽を秤にかけるしかないのだろうか。

　春香に声をかけると、匂いに誘われたのか、彼女はすぐに下りてきた。そして、大好きなカレーをおいしそうに食べた。

「ねえ、ママ。私、試験勉強、がんばるね」

　決意を秘めた目で、春香は突然言った。

「さっき亮介くんと電話で話したの。お互いにがんばろうねって」

　春香と亮介くんは、お互いに現役で合格して、同じ大学に通おうと約束したらしい。

　亮介くんは、もともと相当、勉強ができる子だと春香は言う。だから、春香のほうががんばらなければ、同じ大学には受からない。春香は、しばらく亮介くんに会えなくてもがんばろうと決めたようだ。

「ごめんね」

　思わず言って、春香に不審そうな目で見られる。

「なんでママが謝るの？」

「いや、なんとなく。受験なんて厳しいことをしなくちゃいけない時代に産んでしまって」

私はしどろもどろになった。

「何言ってんの、ママ。私の人生だよ」

そうだ、春香にも亮介くんにも未来があった。これからの人生を、自分次第でどうにでも作っていけるのだ。私には、そんな未来はもはやない。だが、快楽だけは追求していけるかもしれないと、私は春香を前にして、亮介くんのペニスを思い浮かべていた。

その晩、酔って帰ってきた夫は、異常に不機嫌だった。ぶつぶつと独り言ばかりつぶやき、リビングから寝室へ歩きながら、乱暴に服を脱ぎ捨てた。それを拾って歩いていると、夫が急に振り向く。私はぎょっとした。

夫はいきなりベッドに私を押し倒し、スカートに手を入れて下着だけ脱がせた。そして、いきなり挿入してくる。前に化粧水の瓶を入れられてから半年ぶりくらいだろうか。私は冷静な頭でそう考える。夫は必死に動いていたが、私は声ひとつ出せなかった。

「感じないのか、オマエは」

夫が耐えられないように怒りに満ちた声を発する。

「感じてるわ」

私は冷静に言った。夫は悔しそうに、さらに動いた。私の身体の中は、特に変化が起こらない。

「どいつもこいつも。女ってヤツは」

夫は吐き捨てるように言いながら動き、最後はペニスを突然抜くと、私の顔に精液をかけた。何が起こったのかわからなかった。頬のあたりがべっとりして気持ちが悪いだけだ。夫はそのままバスルームへ行った。私は台所で、熱めの湯でタオルを絞り、何度も何度も顔を拭く。あとでもっと念入りに洗わなくては。

夫が浮気しているようだというのはわかっていたが、女に捨てられてしまったのだろうか。女への恨み辛みから、妻に対してこんなことをしているとしたら、夫の男としての器はあまりにも小さい。そう思うと、腹も立たなかった。

以前の私だったら、夫に対してもっと絶望していたと思う。女に捨てられたからといって、妻の顔に精液をかけるような男は最低だ。私は馬鹿にされている、と。

もちろん、そうは思ったが、それ以上に「自分は夫に精液をかけられるような、価値のない女なんだ」と思わずにすんだのは、たぶん、亮介くんによって、オーガズムを知ったからだ。私は、自分が女であることに満足していた。だから、夫にひどいことをされても、「実は私は深い快感を知っている」という気持ちが支えになった。

逆に考えると、イケないことは、それほど自分にとってコンプレックスになっていたのだろう。

翌朝、夫は小さな声で、「悪かった」と言った。それが何を指すのかは、お互いにわかっている。だが私はあえて何も言わなかった。少しだけ夫に微笑んでみせた。夫は気まずそうな表情で出勤していった。

掃除機のホースを見ても、固く絞った布巾を見ても、亮介くんのペニスを思い返した。それでも亮介くんに連絡するのは気が引けた。彼だって受験生なのだ。しかも、家庭環境を考えると、必ずいい成績で合格し、奨学金をもらわなくてはいけないはずだ。苦労しながらがんばっている彼の心を乱してはいけない。

私は自分の欲を封じ込めて、家事に精を出した。午後は図書館に行こうと思っていた。私も何か勉強したくなったのだ。未来はあまり残されていないけれど、まったくないわけでもないはずだ。

ところが昼過ぎ、春香の学校の担任の吉田先生から電話がかかってきた。春香のことで話があるという。

「今日は学外にいるので、どこかご都合のいいところでお目にかかれませんか」

変だと思った。だが、春香の内申書のこともあって、無碍《むげ》には断れない。私はしかたなく、彼の指定したホテルのティールームへ赴くことにした。

私がティールームに着くと、携帯に吉田先生から電話が入る。

「ちょっと事情がありまして。こちらの部屋まで来ていただいてもいいでしょうか」

部屋番号を言われた。帰るわけにはいかなかった。

部屋のチャイムを鳴らすと、中からかちゃりとドアが開いた。吉田先生が顔を出す。

「すみません。わざわざご足労いただいて」

彼は丁寧に言った。

「いったい、どういうことなんですか。こんな場所へ生徒の母親を呼び出して」

吉田先生が低姿勢なので、私は思わず本音を洩らした。

「僕、どうしてもあなたのことが頭から離れないんです」

先生はいきなり私を抱きしめた。驚いて振り払うこともできない。

「一度でいい。あなたを抱きたい。そうしたら、春香さんの内申書は責任をもちます」

「教師として、そんなことを言っていいんですか」

そう言いかけたとき、先生の舌はすでに私の口の中に入ってきていた。自分の舌か相手の舌かわからなくなるくらいに濃厚なキスをする。さらに、彼は私の首筋からうなじへと、唇で静かに愛撫していく。膝の力ががくっと抜けた。

彼はもう何も言わない。私を見つめながら、一枚一枚服を脱がせていく。私も抵抗できなかった。春香の内申書の問題よりは、この三十歳くらいの男が、私をどうしてくれるのかに興味がわいてしまったから。

私を下着姿にすると、彼は自分も手早く服を脱ぎ、私をベッドに押し倒した。あっという間にブラをはずされた。目を閉じる。彼はじっと私の胸を見つめているようだ。ゆっくりと舌で乳首を舐め、口の中で転がす。私の腰が勝手に動いた。彼が自分の足を、私の足の間に入れてくる。こじ開けられる感触がたまらなかった。彼の指が下着の脇から入ってくる。唇と手で胸を愛撫し、足で私の足を広げさせ、もう片方の手であそこを触るか触らないかという程度のタッチで触れてくる。

私は完全に彼の支配下にあった。支配されていることが心地よくもある。彼にめちゃめちゃにされたいという欲望がわいてくる。もちろん、そんなことは言えなかったけれど。

だが、吉田先生はそれを察したらしい。下着を脱がせると、私の両足を一気に持ち上げ、開かせた。

「あ、いや」

「気持ちよくしてあげるから」

私の足はぐいっと曲げられ、自分の頭のほうへ押しやられた。あそこが丸出しになる。彼は私の腰を持ち上げるようにして、あそこに顔を埋め、クリトリスを舐め上げた。膣に舌を入れ、肛門まで舐める。

「蜜があふれてる」

彼はそう言って、音をたてて舐めた。そのたびに私は恥ずかしさで息が止まりそうになった。あそこからは、さらに蜜があふれていくのが自分でもわかった。

私は彼の愛撫で、意識が混濁するほど感じていた。あそこから何度も、液体がじゅるじゅるとあふれていく。だが、吉田先生は、愛撫をやめない。しかも、激しくするわけでもなく、いつまでも同じペースで舐め続ける。私はだんだん焦れてきた。

「お願い、して」

「なあに？」

「入れてほしい」

「ダメ」

吉田先生は、さらに私を焦らす。舐めるのをやめて、あそこにふうふうといつまでも息を吹きかけたりしている。

「乾かないなあ、ここは」

言うなりずぶっと指を入れる。またすぐ抜いて、何ごともなかったかのように舐めていく。

「もう我慢できない」

私は甘えた声を出す。

「入れてほしいの？」

「はい」

「じゃあ、何でも言うことを聞く？」

「はい」

いつしか私は、彼にもっと支配されたくなっていた。亮介くんとのときとは、まるで立場が違っている。彼は鞄から、縄を取り出す。そして私を立たせると、有無を言わさず、身体に縄をかけていった。手慣れている。縄が身体に食い込むたびに、私はせつないような気持ちよさに包まれていく。

太めの縄が胸の上下にかけられ、乳房が飛び出した。股間にも縄が食い込んでいく。

「先生……」

私はつぶやく。吉田先生は股間に押しつけた縄を私に見せ、「濡れてるよ」と鼻先に突きつけた。そこだけ色が濃くなった縄を見て、私の頭の中がぐるぐる回り出した。めまいがするが、不快ではなく、むしろあまりに官能的だった。

彼はその縄を舐めてみせてから、また股間に食い込ませた。彼が縄を引くと、縄がクリトリスを直接刺激してくる。ゆっくりゆっくり縄を身体に食い込ませながら、彼はときどきキスを求める。飛び出した乳首を甘く噛まれて、私の下半身はますます濡れていく。

私は亀の甲羅の模様のように縛られて、そのまま床に転がされた。

先生は冷蔵庫からビールを出し、私から目を離さずにソファに座って、ゆっくりとビールを飲み始めた。放置されているのに、彼が私から目を離さないせいか、さびしくはなかった。彼は近くへ寄ってきて、口移しにビールを飲ませてくれる。私の口の端からビールがこぼれると、丁寧に唇で拭ってくれた。

彼は私を縛ったまま、下半身の縄を少しずらす。そのたびに縄が敏感な部分に当たって、私は悲鳴を上げる。

縛られたまま、私は抱き上げられて、ベッドに寝かされた。彼はそのまま私をじわじわと責めていく。

乳首をつねり、股間の縄の間から、膣に指を入れてくる。縄が邪魔して中途半端にしか入ってこないから、私は焦れて焦れて身体をねじるしかない。

快感の波がなく、ずっと七割方で抑えられているのだ。だんだん爆発しそうになっていく。

「もうダメ、どうにかして」

「どうしてほしい？」

「めちゃめちゃにして」

ついに私の口から、その言葉が漏れてしまった。彼はにやっと笑った。

股間の縄がずらされた。ものすごく太いものが挿入され、それが中でいきなりモーター音とともに暴れ出す。私は縄をかけられたまま、ベッドから飛び上がりそうだった。

それがバイブだとはわかったけれど、バイブを入れられるのも、これほど大きなものを入れられるのも初めてだった。

「動くな」

彼は私の腰を押さえつけた。それでも私は自分の意思とは関係なく、身体がはねてしまう。太いバイブの先端が体内であちこちに暴れまくっているのだ。動くなと言われても無理だった。

彼はバイブの電源を切ると、私を抱き上げて、近くにあった椅子に座らせた。私は足を開いた状態で椅子にくくりつけられた。彼はその椅子を壁に押しつける。私がたとえ暴れても、椅子が後ろに倒れる心配はない。

彼がバイブを見せた。驚くくらい太かった。私の手首くらいはありそうだ。

「見るんだ」

ゆっくりと私のあそこに押し込んでいく。途中までいくと、ぐいっと引き抜いた。同時に蜜があふれ出す。椅子が濡れるのが気になったが、彼は何度もそれを繰り返した。

真綿で首を絞めるというのは、こういうことを言うのだろうか。私が感じ始めると、彼はすぐに察して、それ以上感じないようにコントロールする。だが、快感はそれ以下にもならない。

しばらくすると、ようやくバイブを根元まで入れ、スイッチを入れた。さっきより激しくバイブが回転し、うねる。身体がばらばらになりそうな気持ちよさがいきなり襲ってくる。

彼は強烈なバイブでの刺激をやめようとしなかった。高速で出し入れし続ける。私は息も絶え絶えだった。絶頂のまま、意識がとぎれかけていた。

頭の中で、教職にある者が、担任している生徒の母親にこんなことをしていいのかと怒りを感じる半面、娘を預けている身だからこそ、言うことを聞かなければいけないとも思った。それは私の自分に対する言い訳でもあった。

あってはならない関係、しかも主従関係がこれほどはっきりした関係に、私は毛穴が全部開ききるほど、エロティックな気分になっていた。

先生は下着姿だったが、もうあそこは充分に大きくなっているのがわかる。

私がぐったりしているのを見ると、彼はにやにやしながら言った。

「さあ、次は何をしてもらおうか」

「舐めさせてください」

私の口からするっとそんな言葉が出て、自分でも驚いてしまった。だが、あの下着のふくらみに目が吸い寄せられてしまったのだ。先生は私を椅子から解放してくれた。だが、私は縛られたままだから、満足に歩けない。

彼は私の目の前で下着を脱いだ。私は縛られたまま跪く。顔の前にぬっと出されたペニスは、バイブに負けないくらい太くて長かった。先から滴がしたたっている。

私は舌を長く伸ばして、その滴を掬《すく》い取った。そのままペニスをくわえ、頭を上下に動かす。

「もっと奥まで入れろ。舌を使うんだ」

彼は命令口調になり、私の髪をつかんで、激しく上下に動かす。私は、「ひどいことをされている私」がかわいそうで涙が出てきた。それなのに、心のどこかで異常な興奮を味わっていた。もう、自分で自分がわからなくなっている。

どのくらいの時間、くわえさせられていたのだろう。顎が疲れて感覚がなくなったころ、彼は私を突き放した。私はそのまま床にごろりと転がった。

彼はビールを飲みつつ、また私を放置する。火がついては冷まされた欲望は、もう自分ではどうしようもなかった。

しばらくすると、彼は私の身体を縛っている縄を解き、別の方法で上半身だけ縛っていく。縄が食い込むと、私の足元にぽたぽたと汁が垂れた。彼が私の下半身に手をやる。

「こんなに濡れて。春香ちゃんのママは、こんなに淫らな女だったんだ」

娘の名前を出されて、一瞬、鼻白んだものの、私の興奮はおさまらなかった。彼は私をベッドに押し倒し、足を大きく広げさせせ、ベッドの隅にある小さな突起にくくりつけた。これ以上開かないくらいに開かれて、私の足は固定される。上半身は縛られ、手は動かない。

　彼は私を見下ろし、腰の下に大きくて厚い枕を二個も入れた。私のあそこは嫌でも全開になっている。彼は私の足元に座って、じっとあそこを見つめていた。

「見ないで」

「ずっと汁が垂れ続けているなあ。これはお仕置きするしかないな」

　彼はいきなり私のクリトリスをむき出しにして、指の先で突いた。すでに敏感になっているので、私は身体をよじるほど感じてしまう。彼は再度、バイブを使い始めた。私のクリトリスをフリッパーで挟んで、クリトリスだけに徹底的な刺激を与える。身動きできないまま、私は悶え続けた。そのままバイブを反転させ、彼は膣にバイブを入れ、クリトリスと同時に刺激を与えてきた。さらにお尻には指を出し入れしている。死にそうだった。今まで感じたことのない快感が、苦痛ですらあった。

　何度も何度も、苦痛に近い絶頂を味わわされたあと、彼はようやく入ってきた。いきなりぐっと奥まで入れられて、私は脳天を殴られたように朦朧《もうろう》となった。彼はすぐさま、私の胸をかなり思い切り噛んだ。現実に引き戻される。その繰り返しだった。

　ようやく解放されたのは、もう夕方だった。私は彼に四時間以上も弄ばれていたのだ。別れ際、私は少しだけ怒りを込めて言った。

「春香の内申書は大丈夫でしょうね」

吉田先生は、にやりと笑って自分の胸を叩く。信用しても大丈夫なのだろうか。

彼と別れてもまっすぐ帰る気になれず、私はカフェに入った。ぼんやりコーヒーを飲んでいると、乳首が痛むのを感じた。縛られていた上半身も、ベッドにくくりつけられていた足首も痛んでいる。縄の跡はついていないだろうか。あそこはまだ熱くなったままで、ときおり、中からねっとりした液体が出てくるのがわかる。

自分がとんでもないことをしていると、ようやく気づいていた。だが、私の身体はいつでも私を裏切って、いけない関係であればあるほど歓びを増していくようだった。

数週間後、再度、吉田先生から連絡があった。私は嫌だと思いながらも、娘のことだと言われると出かけざるを得なかった。気持ちは嫌なのに、身体はすでに濡れていた。

先生は、待ち合わせた場所からすぐのところにあるビルの一室に私を連れて行った。玄関を入るとなんだか異様な雰囲気だった。

「あら、野村さん。お久しぶり。いらっしゃい」

素敵なマダムが迎えてくれる。吉田先生は、ここでは野村と名乗っているようだ。いったい、ここは何なのだろう。

先生はマダムに私を「ヒサコ」と紹介した。久美子の久の字だけ取ったのだろう。

「彼女はかなりの真性だと思うよ」

先生はマダムにそう言い、マダムは私をにっこりと見つめた。

先生はまず私をシャワールームへ連れて行った。

「ここで起こったことは誰にも言ってはいけないよ。それから、あなたは何があっても拒否してはいけない。わかったか？」

私がおびえて黙っていると、先生は私の乳首をつねった。つねられると私は反応し、すぐに下半身を濡らした。

「オマエは淫乱だ」

先生の口調が変わった。

「いじめられたいのか」

私が黙ると、彼は乳首を噛んだ。噛まれたとたん、また下半身から液体がこぼれた。ひどいことを言われ、痛いことをされると、たまらない気持ちになっていく。自分の性癖が、今、はっきりとわかってしまった。前に先生とホテルに行ったときは、特別なシチュエーションだからと、自分に言い訳をしていたのだが、私はどうやらかなりのMらしい。

先生は私をきれいに洗ってくれた。脱衣場で、彼は私にTバックをはかせ、首輪をつけた。

「四つんばいになって歩け」

彼に命令され、私は犬になった。彼はリードをもって部屋へと歩いていく。

そこにはすでに四、五人の男性たちが集まっていた。彼らは私を見て、どよめいた。中には、にやにやしている男もいる。

先生は私を部屋中、くまなく歩かせる。男たちは私の胸を触ったり、足を撫でたりした。

天井から下がっている鎖に、彼は私のリードをつないだ。私は心許なくて、先生を見上げる。

「待ってろ、そのうち気持ちよくさせてやるから」

「野村さん、いいかな、彼女を借りても」

五十がらみの男性が、先生に声をかけた。ここにいるのはみな知り合いのようだ。

「いいですよ。彼女はヒサコ。何でも大丈夫ですから」

先生が答えている。私は何をされるのだろう。

「裸でいるのはかわいそうだねえ」

男は私に声をかけ、ぺらぺらした着物を肩にかけてくれた。その代わり、Tバックは脱がされた。男は縄を取り出す。

「縄は好き？」

私はかすかに頷いた。

あとから聞いたところによると、彼はプロの緊縛師だそうだ。さすがに縛り方がうまかった。身体に食い込んでくる縄は痛いのだが、痛すぎない。その痛みが途中で快感に変わっていくような縛り方をするのだ。全身を縛られたときには、私はすでに恍惚としていた。私はエビぞりのような格好で、天井から吊るされた。

ずるりとだらしなく着物を着せられているだけなので、はだけた胸から乳房は飛び出し、着物の間から下半身も丸見えだった。男たちは下から私をのぞき込む。何本もの手が私の胸を揉みしだいた。足は閉じたままなのに、無理矢理クリトリスをむき出しにして、しゃぶりつく男もいた。

そのたびに私の身体は揺れる。上から吊られているだけなので、安定が悪いのだ。その安定の悪さを、男たちは楽しんでいた。私は安定が悪いがゆえに、なかなかきちんと快感を得ることができない。焦れている私を見て、彼らはさらに喜んでいた。

　緊縛師が、吊るし方を変えた。私は今度は片足だけ床につけ、両手と、もう片足を大きく吊られた。ある男が私の膣に指を入れ、くいっと指を曲げた。その瞬間、私の膣から大量の水があふれ出た。

「あらら、潮吹いちゃったよ、すごいね」

　男が笑っている。次の瞬間、私は背中に強烈な痛みを感じた。吉田先生が後ろから鞭をふるったのだ。

　快感と痛みが渾然一体となっていく。床についている足から力が抜けて、がくんと倒れそうになった。もちろん、吊るされているから倒れはしないが、床についている足が役に立たなかった。ゆらゆらしていると、今度は先生が、前から鞭をふるった。

　鞭が乳首に当たって、あまりの痛みに涙が出た。すかさずそこを誰かが優しく舐めてくれ、今度は快感に呻いた。

　ある男が、私のあそこにバイブを突っ込んだ。緊縛師が、そのバイブが落ちないように縄で頑丈に縛りつけていく。

　男がスイッチを入れた。私は悶絶する。バイブは好き放題に動きまくる。私は逃れられない。先生が、ますます激しく鞭で打ちつけてくる。何が快感で何が苦痛なのか、もはや私にはわからなかった。

その後、バイブをはずされ、床に横たえられた。縄は身体に食い込んだままだ。着物も乱雑に身体にまとわりついている。男たちが周りにずらりと座っている。

先生が私を後ろから羽交い締めにするようにして、私の上半身を起こした。そのまま、子どもにおしっこをさせるように私の足を開く。男たちがいっせいにのぞき込んだ。

「いや、やめて」

私は恥ずかしさのあまり、気が遠くなりそうだった。男たちは五人いた。十個の目が、ひたすら私のあそこにそそがれている。

とろりと粘った液が出ていった。

「見られているだけで、そんなに感じるんだ」

男たちのひとりが、そう言うなり私のあそこにしゃぶりつく。それを合図のように私の胸をふたりの男がしゃぶり始める。

私の口には別の男のペニスが突っ込まれた。もうひとりの男は、私の足の指を丁寧に舐め続けている。

あそこを舐めていた男は、私のお尻の穴に舌を入れた。その合間を縫うようにして別の男の指が膣に入ってくる。

「あなたがきれいだから、みんなが喜んでるよ」

先生が耳元で言った。陵辱されているはずなのに、お姫様のように扱われているような気持ちになった。私はこんなにたくさんの男たちに欲しがられていると思うと、たまらなく恥ずかしく、たまらなくうれしいような気持ちになった。遊ばれているんだとわかっているのに、快感には勝てなかった。

その後も四つんばいにされて鞭打たれたり、先生がもっていたものよりもっとずっと大きなバイブを突っ込まれたりしながら、私は快感を貪り続けた。最後には、先生以外の五人の男たちが、全員、私に代わる代わる挿入した。その間も、挿入している男以外は、みんなで私の身体中を愛撫し続ける。痛めつけられているのかかわいがられているのか、よくわからなかったが、私はずっと激しいオーガズムにさらされ続けていた。

五人目の男が果てたとき、誰かが「野村さんはしないの?」と声をかけた。先生は私を四つんばいにさせた。ひやりとした感じがお尻のあたりにしたと思ったら、ぐっとお尻に何かが入ってきた。

「おお」

みんながどよめいた。

ひやりとしたのはローションだったようだ。たっぷりローションをつけたから、スムーズに入ったのだろう。お尻にあんな大きなペニスが入るなんて信じられなかった。内臓が上がってくるような、何ともいえない感じがする。先生は、激しく動き出す。

「だめ、だめ」

私は絶叫して、拒絶の意味で腰を振ったが、他の男たちが私の腰をしっかり押さえているので、どうにも動きがとれない。男たちは、お尻にペニスが出し入れされている様子を、じっくり見ているようだ。

先生が動き続けると、妙な感じがだんだん変化していった。身体中を貫かれるような、串刺しにされたような歓びが、私の身体を支配していく。

「気持ちいいのか」

先生が背中から言う。

「気持ちいい、すごくいい」

私は叫ぶ。もっと貫いて。私の身体を思い切り。

別の男が私の胸を激しく揉む。さらに他の男が背中に鞭打った。膣にはバイブを突っ込まれた。どこもかしこも痛くて、どこもかしこも息ができないほど気持ちがよかった。

喉から内臓が飛び出しそうになり、意識が飛びそうになったとき、先生は、私のお尻の中に射精した。

私はそのままうつぶせになった。頭がぼうっとして何も考えられない。

周りもしんと静まりかえっている。

しばらくすると、誰かが私の頬に冷たいものをぴたりとくっつけてきた。驚いて目を開けると、最初に会ったマダムが、ワイングラスを手に微笑んでいた。

「少し飲んだら？　疲れたでしょう」

私が起きあがると、彼女はバスローブをかけてくれた。しどけなく床に座ったまま、私はワインを一気に飲み干した。

マダムは別のグラスをもってきてくれる。私はそれも一気に流し込んだ。彼女に促されるままにシャワーを浴び、身支度を整える。部屋はしんとしたままだ。

「あなたはもう帰ったほうがいいわ。野村さんももう引き上げたから」

マダムは穏やかにそう言うと、私の手に小さな封筒を握らせた。

先生は私を置いて帰ってしまったのだろうか。男たちはいつ、いなくなったのだろう。だが、こういうところでは何も詮索してはいけないような気がした。

私はマダムに一礼して、部屋を出た。雑居ビルの一室にこんな場所があるなんて……。外に出て、ふらふらと歩いた。ここがどこだかよくわからない。路地をいくつも迷いながら、ようやく大通りに出て、カフェを見つけて入った。

席に落ち着くと、思い出して、マダムにもらった小さな封筒を見る。中には五万円が入っていた。謝礼なのか私は買われたのか、よくわからない。さっきの行為の対価として高いのか安いのかもわからなかった。

私は何も考えずに、バッグに封筒をしまった。そう、何も考えないほうがいい。自分にそう言い聞かせる。身体が熱をもっていた。今、あそこで起こったことを思い返すこともできない。ただ、身体はだるくて重く、しかし快感に満ちていた。時計を見ると、もう夕方だった。あわててカフェを出て、ターミナル駅のデパートの地下で高いステーキ肉を三枚買った。

帰宅して夕飯の支度にとりかかると、すぐに春香が帰ってきた。

「この前の予備校の模試、けっこうよかったよ」

結果を見せてくれた。これなら希望している大学も無理ではない。春香はうれしそうだ。

「春香にがんばってもらうために、おいしいもの作るからね」

「ママ、今日はなんだか元気そう。顔がぴかぴかしてる。きれいよ」

春香はなにげなく言ったのだろうが、私には応《こた》えた。彼女が二階へ上がっていく足音を確認してから、私は洗面所で鏡を見る。確かに頬が少し上気しているかのように顔色がよく、しかも肌にハリとツヤがあった。目もきらきらしている。あんなことをしてきて、娘に「きれい」と指摘されるなんて、我ながら情けなかった。

「オマエは淫乱だ」

吉田先生の声が甦る。淫乱と言われてうれしかった自分の気持ちも思い出した。人妻だ、母親でもある。いけない。今日のことは忘れなくては。

その日は夫も早く帰ってきた。久しぶりに三人そろって夕食をとる。夫と娘は大学受験の話をしている。春香は模擬試験の点数がよかったことが、よほどうれしかったのだろう。夫も珍しく、そんな娘の話をゆっくりと聞いている。これが家庭の幸せというものなんだと、私は自分に言い聞かせた。

春香はさらに言った。

「そうだ、今日ね、担任の吉田先生に呼ばれて」

私の心臓がとんでもない勢いで鳴り始める。音が夫にまで届くのではないかと不安になった。

「今学期はがんばってるから、内申書も上がるって言われた。内申が上がれば、大学、推薦も夢じゃないって」

春香の笑顔を見ていると、先生との時間が、とたんに崇高なものだったかのように思われてきた。

たくさんの男たちに弄ばれ、最後は男たちが見ている前で先生にアナルに入れられ、頭が真っ白になるくらい感じてしまったけど、あれは春香のために必要なことだったんだ、自分の快楽のためではなかったんだと思えたから。

私にはあれが屈辱だとは思えなかった。どう考えても、私自身の快楽だった。だけどそれでは、あまりにも罪悪感が強すぎる。娘のためだと思えば、少しだけ肩の荷が下りたような気がする。

「先生ったらね、オマエのお母さん、美人だなって言ってたよ」

私はみそ汁を吹きだしそうになった。夫が不審そうな目を向ける。

「あら、だってこの前、面接に行ったとき、先生は仏頂面してたわよ。春香の成績がいまいちだって」

あわててそう言うしかなかった。

「春香が大学に受かったら、久しぶりにみんなで旅行にでもいくか」

急に夫が言い出し、春香と私は顔を見合わせた。

「お父さん、ほんと？」

なぜか急に愛想がよくなった夫が不気味だった。また新しい若い女でもできたのかもしれない。夫は浮気をしているときのほうが、私や春香に優しいのだ。彼の後ろめたさがそうさせるのかもしれない。だったら、それでいいと私はとうの昔に諦めている。

数日後、亮介くんから電話がかかってきた。

「久美子さん、全然連絡くれないんだもん」

甘えた声に、私は急に彼を責めたくなってしまう。だが、彼はこれからアルバイトがあると言った。

「あなた、バイトなんてしていて勉強は大丈夫なの？」

「なんとかね。僕はバイトしないと生活していけないから。なんたっておばあちゃんの年金をあてにしている生活だから」

「大変ね」

「だからときどき久美子さんに慰めてほしいんだ。寂しくて死にたくなることがあるんだもん」

亮介くんの気持ちはよくわかった。私も家庭の事情で、とてつもなく寂しい少女時代を送っていたから。数日後に会う約束をして電話を切った。春香のためにも、そして何より亮介くん本人のためにも、私は亮介くんをかわいがってあげないといけないような気持ちになっていた。

亮介くんに会う日、私はうきうきと下着を選んでいた。大人っぽく黒にしようか、セクシーに濃紫でいこうか。そのとき、携帯にメールが入る。

「今日三時。○○駅東口の改札に来い」

吉田先生からだった。この間、連れて行かれた雑居ビルのある駅だ。

「今日は友だちと約束があるの」

返信すると、すぐにまたメールが来た。

「娘のことはどうでもいいんだな」

亮介くんとは四時に待ち合わせている。彼は六時からバイトがあると言っていた。三時に先生に会って四時に亮介くんと会うのは不可能だ。だが、なんとか一時間で解放してもらえるかもしれない。私は甘い期待をもった。

「わかりました。行きます」

返信して、待ち合わせ場所に急ぐ。下着は試着しかけていた濃紫だった。

待ち合わせ場所で会った先生は、ほとんど表情を変えずにタクシーに乗り込んだ。

「どこへ？」

私の質問にも答えない。窓の外を見ながら、手がスカートの中に入ってきた。ガーターベルトをしているのを確認すると、下着の脇から指を入れてくる。私はのけぞりそうになりながら、かろうじて声だけは押し殺した。

先生は、ポケットの中から何かを出し、再度、私のスカートの中に手を入れ、あそこに何かを押し込んだ。ぐっと中まで押し込まれたとき、声を出しそうになって、私は思わず咳をしてごまかす。

ビーンと小さなモーター音が鳴り始める。私の中に入れられたものが振動する。遠隔操作のできるバイブだった。タクシーの運転手さんが何か言いたそうに身体を動かしたとき、先生は突然、携帯を取りだして電話をかけ始める。

「あ、吉田です。この前はどうもお疲れさまでした。で、次の会合の日程なんですが……」

本当は今しなければならない連絡ではないのだろう。音を消すためにわざと大声で話しているとしか思えなかった。

とある住宅街で、私たちはタクシーを降りた。彼は断続的にバイブのスイッチを入れたり切ったりする。歩きながら突然、バイブが振動し、中でくねる。私は何度も歩けなくなってしゃがみ込む。すると先生は、さらに振動を強くする。

「お願い。もうダメ」

私は音を上げた。先生はしゃがみ込む私の横に、同じようにしゃがみ込み、スイッチをオフにして熱いキスをする。舌を絡め合っていると、その場で彼のものがほしくなる。ようやく立ち上がると、またスイッチはオンになった。

そんなことをしながら、彼はある邸宅の前で足を止めた。ここでも、あの雑居ビルのようなことがおこなわれているのだろうか。

知った家なのか、彼は門扉を開けて入っていく。玄関のチャイムを鳴らすと、中から、五十代くらいの素敵な女性が現れた。この前のマダムといい、この女性といい、非常に美人でセンスがいい。

「こちらはミドリさん」

彼はまず私をそう紹介した。この間はヒサコ、今日はミドリか。彼はここでも野村と名乗っている。

「ミドリさん、こちらはここの女主人で、ヨーコさん」

名前など記号に過ぎない。特にこういう世界では。私もおぼろげながら、そんなことがわかっていた。

豪華なリビングに案内された。四人の男たちがいたが、全員、目を隠すように仮面をつけている。先生もすでに仮面をつけていた。私だけ顔をさらされていることに恐怖感があった。

「ここでは秘密が守られる」

先生が耳元で囁いた。男たちは社会的に立場がある人たちなのだろう。

私はその場で先生によって服を脱がされていく。膣にはまだバイブがはまったままだ。下着姿になったところで、バイブのスイッチが突然入り、私はしゃがみ込む。

「立て」

鞭が振り下ろされた。バシッという音と鋭い痛みに、私は興奮していく。いつからこんな身体になってしまったんだろうと思いながら、ようやく立ち上がる。男たちは身を乗り出して私を見つめている。

バイブの振動が最大になり、私はまた立っていられなくなる。そのたびに先生に鞭打たれて、私は床を転げ回った。知らず知らずのうちに、涙とよだれが垂れているが、私はすでに現実の世界にはいなかった。興奮が限界を超える。

先生が私のTバックを脱がせ、バイブを引き抜いた。

「さあ、自分でやるんだ」

突然の命令に、私はうろたえた。先生はいらついたようにもう一度言った。

「自分の手でやるんだ」

男たちが身を乗り出す。先生は、私のあそこが男たちに見えるように、私の身体の位置を変えさせる。そして、私の耳元で囁いた。

「足を開いて、左手でクリトリスをむき出しにして……、そうそう、右手の人差し指の腹でクリトリスを撫でてごらん」

私は言われるがままに、足を広げ、言われるがままに自分で刺激した。

「だんだんクリトリスが大きくなってきたよ」

「ああ……」

私はその言葉に興奮していく。男たちの視線が痛いほど身体に突き刺さってくる。

先生が私のブラを上にずらした。私は自分で胸を揉みしだき、だんだん乱れていく。クリトリスを触っているだけでは物足りなくなってきて、中に指を入れた。男たちの視線と息づかいが、ますます私を興奮させる。見られることでクリトリスはさらにふくらみ、私のあそこから蜜がしたたっていく。

「みんなが見てる。恥ずかしくないのか。こんなに濡らして」

先生が私の胸に激しく鞭を振り下ろした。この間はバラ鞭だったが、今日は一本鞭だ。あとから知ったのだが、一本鞭のほうが痛みが強いそうだ。一本鞭の先端が乳首に当たり、取れそうなほどの痛みが襲う。それなのに、私の下半身からはとろりとろりと蜜が出ていく。

「あ……イク」

先生は私の手を止めさせた。

「イクのはもう少し後だ」

「イヤ」

私は先生の手を振り払って、膣の中を激しくかきまぜた。左手の指で乳首をつねり、乳房をつかみ、転がりながら悶えた。周りの男たちが息をつめて凝視しているのがわかる。

目で犯されている。そう思った瞬間、私は強烈な電気ショックを受けたように身体が痙攣し、そのまま果てた。

果てたところに、男がいきなりのしかかってくる。一度、オーガズムを感じたあと、すぐにまた刺激を受けると私は頭がおかしくなってしまいそうになる。

「まだ……」

と言いかけたが、男はすでに私の中に挿入していた。他の男は、ガーターベルトから吊られたストッキングに包まれた足を舐め始める。

また男たちに陵辱され、私は果てしない絶頂感を味わう旅に出た。

今回の男たちは屈強だった。ひとりが果てないうちに人が入れ替わるので、誰も終わらない。私は常に入れられっぱなしだ。

ひとりの男が仰向けになり、私を上に乗せた。騎乗位だが、私は自由に動ける体力がもうなかった。下にいる男が私の腰をもって揺らし、別の男も補助するように私の身体をめちゃくちゃに動かした。私は首をがくがくさせながら、それでも身体全体を貫く快感に酔っていた。

すでに天上にいるような気分なのに、ときどき先生が激しく鞭を打つと、また快感の度合いが上がる。下からの突き上げと鞭打たれる歓びに、我慢できなくなって私は男の上に倒れた。男のモノは私の中に入ったままだ。さらに突き上げてくる。

そこへさらに後ろから男が覆い被さってきた。あっと思う間もなく、お尻を広げられ、ぐぐっとペニスが入ってきた。

「おお」

下の男と背中の男が、同時に声を上げた。私の身体の中の膜一枚を隔てて、男同士のペニスがぶつかり合っている。

私はもう声さえ上げられなかった。

アナルに入れた後ろの男が、少しずつ動き始める。下の男も突き上げてくる。やめて、もう。壊れてしまう。叫びたいのだが、声が出なかった。

「両方に入れられている気分はどうなんだ？」

悪魔のような先生の声が耳に入ってきた。

「いい……。すごくいい。もっとして、もっとめちゃめちゃにして」

自分でも思ってもみなかったような言葉を発していた。そう、私はめちゃめちゃにされたかったんだ。

先生は私の乳首をねちねちとつねる。爪が食い込んで痛い。痛みはすぐに快感になる。どうしてだかわからないけど、もっと痛くしてほしいと思ってしまう。まるで電気のスイッチを入れるような素早さで、痛みはすぐに気持ちよさに変換されていくのだ。

何か合図がなされたのか、下の男も後ろの男も、急に勢いよく動き始めた。部分的な快感ではなかった。脳のどこかが電気的な刺激を受けたかのように、私の中で、何もかもぶっ飛んでいった。

脳の回線が切れた。私自身が爆発する。そう思った瞬間、三人が一体になったような感じがして、私は意識を失った。

だがどうやら、意識はすぐに回復したようだ。先生の鞭が私に振り下ろされていた。

「オレは口でやってほしいな」

ぐったりして倒れている私の顔の上に、別の男がまたがっている。私は口を開けて、その男のペニスを飲み込んだ。別の男が正常位で私の中に入れてくる。

顔にまたがった男は、そのまま私の顔に射精した。

「ごめんね。これが夢だったんだ」

男の言いぐさに、私は怒る気にもなれなかった。むしろ、自分が汚されていくことに興奮していた。挿入していた男は、私の胸に向かって放出した。顔も身体も、男の精液まみれになったまま、私は転がっていた。屈辱が私の興奮を冷まさせなかったが、すでに身体はぐったり疲れ切っていた。ふと気がつくと、周りには誰もいなくなっていた。静かに入ってきた仮面をつけた男が、私にバスローブを着せかけてくれる。

「ありがとう」

よろよろと起きあがろうとすると、男は仮面をとった。亮介くんだった。

「あなた、どうして?」

「久美子さんこそ、どうしてここにいるの」

亮介くんは悲しそうな顔をしていた。

「全部見てたよ」

そういえば亮介くんとは、午後四時に約束していたのだった。

「今、何時？」

「六時。久美子さん、待ち合わせに来なかったでしょ。電話にも出ない。実は僕、今、ここでバイトをしているんだ。喫茶店のバイトより給料いいから」

「ここで何してるの？」

「ぐったりした女の人にバスローブを着せかけるのが仕事」

「亮介くん」

彼の目に涙がたまっていた。

「何も聞かないよ。早くシャワーを浴びて帰ったほうがいいよ。別の部屋では、別のグループが同じようなことをしてる。僕はそっちへ行かなくちゃいけない」

私は亮介くんに抱きかかえられてバスルームへ行った。出てくると、彼は消えていて、ヨーコさんがにこやかに迎えてくれた。

「よかったらこれ、持って帰って。お食事の足しにしてもらえれば」

手提げ袋を渡された。別に封筒ももらう。私は一礼して外へ出た。場所がよくわからなかったので、住所表示を見る。自宅からそう遠くはなかった。ちょうど空車が来たので、タクシーを止めて乗り込む。

封筒には十万円入っていた。私にはそれがただの紙切れにしか見えなかった。

夕飯はありあわせのものでいい、と私はタクシーのシートに身を沈めた。心地よい眠りが襲ってくる。うとうとしていると、自宅に到着した。

春香はすでに帰ってきていた。

「遅いよ、ママ。お腹すいた」

テレビを見ながら明るく言う。私はあわててキッチンへ入り、もらった手提げ袋を開けてみた。刺身やサラダ、中華風の炒め物などが入っている。どれもデパートの地下で人気のある店の総菜ばかりだった。そのまま皿にあければ、夕食となる。女性らしい気遣いだった。

うれしい半面、どこかヨーコさんという女性に恨めしさが募った。彼女は自宅を開放して、ああいう秘密クラブを主宰しているのだろうか。男たちからは、いったいいくらとっているのだろう。

その夜十二時ごろ、亮介くんからメールが来た。

「今、バイトが終わった。あなたのことを思っている。なぜここへ来たの？」

私はしばらく考えてから返信した。

「知り合いの男に騙されて、連れて行かれたの。あなたとの待ち合わせは忘れてなかった。だけど、あんなことになってしまって」

「もう僕とはしたくない？」

「私は汚れた女よ。あんなふうになった私を見ても、あなたは平気なの？」

「わからない。でも、僕は久美子さんが好き」

若いのだ、彼は。汚されて私が歓びを感じているなんて、考えてもいないだろう。あるいは、男たちに弄ばれるような女だから、自分も何をしてもいいと思っているのかもしれない。しばらくして、また亮介くんからメールが来た。

「生きるって悲しいね」

私は胸を衝《つ》かれた。彼は若いけれど、人生を知っている。

私は無性に彼に会いたくなった。

「これから会える？」

春香はもう寝ている。夫もさっき酔って帰ってきて高いびきだ。ほんの少しでいい、亮介くんに会いたかった。

「どこで?」

「あなたの家の近くに行く」

「わかった。近くまで来たら連絡して」

私はタクシーを飛ばした。おばあちゃんはもう寝ているというので、私は亮介くんの部屋に入れてもらった。

私たちは静かに抱き合った。彼は鞭でみみず腫れになった傷を、ひとつひとつ舐めてくれた。

彼に舐められるたび、傷は痛んだ。だが、それがまた快感に変わっていく。私はもう、亮介くんをいじめたいという欲求はなくなっていた。

彼は静かに私の中に入ってきた。彼は動かずにじっとしている。それなのに、私には彼のペニスが細かく振動しているのがわかった。

「気持ちいい」

「僕も」

ふたりでふふふと笑いあった。ずっとキスをしながら、ふたりでつながっている。身体も心も溶け合うようなセックスだった。

私はもう、亮介くんとはしないだろうという気がした。これほど穏やかなセックスをして、これほど気持ちがいいのに、なぜかこれが最後だという気がしてならなかった。

「何を考えてるの？」

亮介くんが見抜いたように言う。

「ううん、本当に気持ちがいいって、こういうことなのかなと思って」

私はごまかした。彼はまた、とてつもなく悲しそうに顔を歪めた。私は彼を悲しませたくない。

彼はゆっくりと動き始めた。そして静かに果てた。私はずっと彼の頭を抱え、身体を密着させたまま離れなかった。それなのに、身体の奥のほうから、じわじわと快感がにじみ出し、身体中が穏やかな歓びに満ちていた。彼のエネルギーをもらった、と思った。

私はシャワーも浴びずに、彼の家を辞した。

「また連絡するね」

という彼の声に頷いたが、やはりもう彼に会うことはないだろうと思った。頬が冷たいと手をやると、濡れている。自分でも気づかないうちに、私は泣いていた。何が悲しいのかよくわからない。

彼のペニスが、まだ膣の中に入っている感触があった。この感触を、私は一生、忘れないだろうとふと思う。そしてまた泣いた。

私の何が変わってしまったのか、何がどうなってこうなったのか、自分の行動と気持ちをどう整理したらいいかわからなかった。

涙を無理矢理止め、タクシーに乗って家に帰った。そうっと家の中に入っていくと、春香が二階から下りてきた。

「なに、ママ、出かけてたの？」

寝ぼけまなこだ。

「ちょっとゴミ出し」

適当なことを言う。春香はふらふらとトイレに入って行った。たぶん、明日の朝には覚えていないだろうと私はほっとした。

あれから半年。春香はもうじき大学生になる。がんばったかいがあって、第一希望の大学に、なんと推薦で入ることができた。

亮介くんとは、やはりあれきりになった。彼も何か思うところがあったのだろう、もう誘ってこなかった。そして彼は、受験に合格、こちらも第一希望の大学に入った。

つまり、亮介くんと春香は同じ大学に通うことになったのだ。ふたりは最近、おおっぴらにデートしている。

未成年だから、夜遅くなることも外泊も許してはいないけれど、春香は彼の家にも行っているようだ。

さっきも彼と会うというから、

「春香。あなたたちはこれから大学生なんだから、もし妊娠したら、自分の人生を生きられなくなる。子どももかわいそうなのよ。気をつけなさい」

とぴしゃりと言った。春香はまじめな顔で、ふたりできちんと話し合っていると言った。

春香を見送って、私は下着を選び始める。あれから私は吉田先生に連れられて、いくつかの秘密クラブを回っている。男たちに汚されることでしか、私は生きていけない身体になってしまっている。

いや、男たちには汚しているつもりはないのかもしれない。本当に屈辱的なことをされたこともない。

「あなたは天使だ」

そう言われたことがある。男たちの性的な欲望を何でも満たしてあげるから。もう顔に射精されても驚かない。私はにっこり笑っている。男のアナルを舐めたり、指を突っ込んで刺激したりすることもあった。何でもしたし、何でも受け止めた。

なぜこんなことをしているのかは、相変わらずわからない。もう、娘の成績のことで先生に脅される必要もないが、先生からメールが来ると、私は自然と動き出す。かといって、先生とふたりきりで関係をもつことはない。

誰かに必要とされたいのかもしれない。それがたとえ身体だけであっても。身体と心は切り離せないはず。男たちは、私の肉体を使って、性的幻想を満たす。私も同じだ。

夫との関係は、特に変化はない。相変わらず浮気をしているときもあるようだが、最近はあまり苛立たなくなっている。

今の私は幸せなのだろうか。よくわからない。今日も私は、男たちに汚される。そこには、ふらふらになるほどの快感が待っている。

弥生の日記

やっぱりやめればよかった。

私は大きなため息をついた。パート先の友だちである恭子にそそのかされて、出張ホストを買おうとした私がバカだった。だけど、もうお金も振り込んでしまったし、ここで帰ったら一万円が無駄になってしまう。でも……。

「弥生さんですか」

顔を上げると、若くて背の高い男が立っていた。メールにあったとおり、黒のダウンジャケットにジーンズだ。

「裕樹です。初めまして」

「あ、弥生です。初めまして」

彼の礼儀正しさにつられて、思わず頭を下げる。

「どうしましょう。何かしたいことありますか？」

私が戸惑っていると、彼は言葉を続けた。

「ランチしますか。お腹がすくと何も考えられませんよね」

さわやかに笑う。

私たちは近くのファミレスでランチをとることにした。彼はショウガ焼き定食、私は魚介フライ定食をオーダーする。

裕樹くんは、自分が大学の経済学部にいること、趣味はスポーツなどとたわいないことを話す。

「なんでこの仕事をしているの？」

彼のさわやかさと、出張ホストというバイトが結びつかず、思わず尋ねた。彼は田舎の親が倒れて仕送りがなくなったためだと答える。本当か嘘かはわからないが、どう見ても普通の大学生にしか見えないことは確かだった。あまりにも普通の子が、こういうバイトをする時代なのか。

私はつい、息子の宏のことを考える。高校二年だけど、大学生になったらこういうバイトをするかもしれないのか、と。

「弥生さん、ボウリングしませんか？」

ランチを終えると、裕樹くんは突然言った。

私は今日、二時間という約束で申し込んだ。ベッドは共にしないと言ってある。二時間をどう過ごすかまでは考えていなかった。私は彼の提案に乗った。

ボウリングは久しぶりで、最初はガターの連発だった。彼は手取り足取り、丁寧に教えてくれた。そのかいあって、ストライクを出すことができた。

「すごい、弥生さん」

「ありがとう、うれしい」

私は彼に抱きついてしまう。彼はまっすぐに抱きとめてくれた。久々に男の腕のたくましさを感じて、私はすっかりぼうっとなってしまった。

あっという間に約束の二時間が過ぎ、私たちはボウリング場の前で別れた。

「また会いたい」

裕樹くんは言った。

「商売上手ね」

私はちょっと皮肉ってみる。彼は少しだけ悲しそうな顔をした。

「僕、お世辞は言えないたちなんです。弥生さんと一緒に過ごせて、本当に楽しかったから……」

「ごめんなさい。私も楽しかった。若いころに戻ったみたいに」

「弥生さんは今だって若いですよ。すごく上品できれいな人だと思った」

家に戻ってからも、私は彼のその言葉を、何度も何度も反芻した。上品できれい。女なら誰でも喜ぶような言葉かもしれない。だが、女として心に穴のあいた私には、どんな薬よりよく効く言葉だった。

夕飯の支度をしていると、中学生の香織が、そして続いて宏が帰ってきた。ふたりともクラブ活動でくたくたになっているが、われ先にと、学校であったことをしゃべり出す。子どもたちがまっすぐ素直に育ったことだけが私の救いだ。

夫は今日も遅いのだろう。平日はいつも三人での夕食だが、それももう慣れている。

子どもたちが二階の自分の部屋に上がっていくと、脳裏にまた、裕樹くんの言葉が甦《よみがえ》ってくる。

夫とセックスしたのはいつだったか。すでに半年以上はしていない。半年前にしたのだって、夫が酔って帰ってきて、いきなりその気になっただけのことだ。あと一週間で、私は四十歳になる。女としては熟していていいはずなのに、私はオーガズムを知らない。

寂しかった。雑誌などで見るような「めくるめく快感」「頭が真っ白になるような感覚」を知りたかった。男が「ほしい」と思ってくれるような女に憧れていた。だが、それももう諦めようと思っていた。四十だもの、女としての賞味期限は切れている。

「ばかね、そんなこと考えないで人生楽しまなくちゃ損よ」

そう言って、出張ホストクラブの電話番号を教えてくれたのが、パート先で知り合った恭子だった。一ヶ月、悩みに悩んでやっと電話をかけ、今日初めて、デートにこぎつけた。それにしても、出張ホストにあんな若い大学生がいるなんて。

「うちはベッドのほうの教育も、きちんとしてありますから」

電話に出たクラブの女性はそう言っていたっけ。

夫は私を大事にしてくれないわけではない。たまに、

「家のことを任せきりで悪いな」

と言ってくれる。私がパートに出ることを決めたときも、

「身体に気をつけろよ」

と頭を撫でた。なのに、セックスだけはしようとしない。下の子が生まれてから、年にせいぜい二回くらい。それも酔った勢いで、急に本能が目覚めるのか、いきなり三秒くらいずつ左右の胸を揉んで、挿入して三回くらい動いて終わりというお粗末さ。

夫婦のセックスなんてこんなものかと思っていたけど、この数年、私は耐えられなくなってきていた。のたうち回るくらい気持ちのいいセックスがしたい。やってやってやりまくりたい。このまま更年期を迎えるなんて、絶対にイヤ。そうは思ってもどうしたらいいかわからない。浮気なんてするつもりもなかった。だから、半分、諦めていたのだ。

そんなとき、裕樹くんに出会ってしまった。彼とベッドを共にしたら、どうなるんだろう。若い男が、私となんてする気になれるのだろうか。仕事だから割り切っているのだろうか。

数日後、私は出張ホストクラブに電話をかけた。二度目からは代金は振り込みでなくて、直接本人に渡してくれればいいという。

「ベッドはどうなさいますか。うちのスタッフはみんな評判いいんですよ」

女性の声に、私は戸惑った。

「私、若くないんですけど大丈夫でしょうか」

「もちろん。彼らはきちんと教育を受けています。もし失礼なことがあったら、遠慮なくお電話ください」

「じゃあ、お願いします」

女性の明るい声に助けられるように、私は頼んでしまった。まるで上質のカシミヤのマフラーがセールだから買わないと損というような気分だ。

翌日、私は裕樹くんに会った。ランチを一緒にとっていても、これから起こることを考えると、食べ物が喉を通らなかった。

「弥生さん、緊張しないで」

彼に肩を抱かれてラブホテルへ向かう。誰かに見られたらどうしよう。膝が震えた。彼は私の顔を隠すようにして足早にホテルへと押し込んでくれる。

部屋に入って、ようやくほっとした。だが次の瞬間、ラブホテルの部屋で男とふたりきりになるのは、結婚以来初めてだと気づく。

裕樹くんが両手で私の頬を挟んだ。唇が近づいてきて私は目を閉じた。

「いけない、こんなことをしてはいけない」

頭ではそう思っているのに、裕樹くんの舌が入ってきたとき、私は何もかも忘れて、その舌を味わうことに熱中した。

彼の舌は私の歯の裏をなぞっていく。背筋が震える。彼の舌をとらえようと、私が舌を動かすと、彼は巧みに逃げて私の頬の裏や上顎までをも刺激してくる。

口の中だけでこんなに気持ちがいいなんて。私が今までしたことのあるキスって、いったい何だったんだろう。

彼は私のまつげを舌でなぞる。目の際も。歯を食いしばってもため息がもれた。

「一緒にシャワーを浴びよう」

彼は私の服を一枚ずつ脱がせてくれた。服はしわができないようすぐ畳んでくれる。自分も素早く脱ぎ、お互いに下着姿のまま、私は彼にお姫様抱っこをされて脱衣場へ運ばれた。

首筋や胸にキスをしながらブラをとり、下着を脱がせるときも身体中に唇を押し当てる。

「教育された」段取りなのかもしれないけど、私は自分が女として扱われていることに酔っていた。素っ裸で若い男性の前に立つことは、恐ろしくつらかった。

「ごめんね、おばさんで」

彼と同じように肌が輝いている若い女だったらよかったのに。

「弥生さん。女性に年齢は関係ないと思います。今の弥生さん、ステキです」

裕樹くんは怒ったように言った。その一言で気持ちが少しだけラクになる。涙が出そうだった。

彼はボディシャンプーを泡立てて、身体中を手で洗ってくれた。あそこもソフトに丁寧に。洗い流したあと、濡れたあそこにキスしてくる。身体を密着させたまま、あたかも大事な女性であるかのように。

彼となら、私はイクことができるのかもしれない。淡い期待があった。

ベッドに移ってからも、彼は私の身体中を手と唇と舌とで愛撫していく。脇腹を下から舐め上げられたときは、ひいっと喉の奥から悲鳴が出てしまった。身体中が緊張したり弛緩したりを繰り返している。

彼は私の両膝を立たせ、足の間に顔を埋めた。とんがり始めたクリトリスをつつき、舐め回し、吸い上げた。子宮の奥のほうまできりきりと甘く痛む。身体が勝手に弓なりになっていく。それでも彼はやめなかった。徹底的にクリトリスを刺激し続ける。

息が浅くなっていく。苦しいけど気持ちがいい。気持ちがいいけど苦しい。

彼がそっとクリトリスに歯を立てた。頭の中でキーンと金属音がする。上がっていく腰を押さえつけられ、今度は底なし沼にずぶずぶ腰が入っていくような気がした。

声も出せない。

「いい？　入れるよ」

彼が入ってきた。私に覆い被さってじっとしている。

「どう？　気持ちいい？」

「うん」

そう答えたものの、実は私はあまり感じていなかった。クリトリスを刺激されていたときは、あんなに意識が朦朧《もうろう》としていたのに、挿入されたとたん、すべてが冷めた。

彼がゆっくり動き始めると、少し気持ちがよくなってきたけれど、没頭することはできなかった。

彼は何か気づいたのかもしれない。身体を少し起こして、指でクリトリスを優しくつつく。するとまた、あの甘い刺激が甦ってきた。だが、今度は挿入されていることが気になって、クリトリスの快感に集中できない。

彼はゆっくりと体位を変え、後ろから突いてきた。胸もクリトリスも同時に刺激される。気持ちいい。気持ちはいいんだけど、これはやっぱり「イク」のとは違う。

彼は再度、私を仰向けにした。身体を密着させる。

「僕を見て」

言われて目を開けると、彼は汗をにじませていた。

彼は一生懸命してくれている。感じなくちゃ。もっと感じているとわかってもらわなくちゃ。私は焦った。彼の動きに合わせて、必死で声を出す。

「すごくいいよ、弥生さん。気持ちいいよ」

「私もよ、私も」

絶叫してみる。本当に気持ちがいいような気がしてきた。

「イク？」

「うん、イク。一緒にイッてぇ」

こんなシーン、エロティックな映画にありそうだな、とちらりと思う。

うう、とうめいて彼は私に体を預けてきた。身体の中で、彼のペニスがどくどくと脈打っているのがわかる。愛しさがわいてきた。彼にも、彼のペニスにも。こんな気持ちは初めてだった。感じるとか感じない以前に、セックスって、いいものなんだなと思う。

彼はコンドームの始末をしてから、私に腕枕をしながら言った。

「弥生さん、中ではあまり感じないの？」

他の男が言ったのなら、私はむっとして黙ってしまっただろう。だが、彼の言い方には思いやりが感じられたから、私は素直な気持ちになった。

「そうなの。クリトリスは感じるんだけど、入れられると急に冷めちゃう。でも、裕樹くんとは少し感じた」

「ごめん。もっと早く気づけばよかった。弥生さんを感じさせてあげられなくて、ごめんね」

「ううん、私が悪いの」

彼は気の毒そうに私を見ていた。同情されたくなかったけれど、彼には甘えたかった。

「どうしたら中で感じるようになれるのかしら」

「うーん」

裕樹くんは言葉を失う。若い彼にそこまで聞くのは酷かもしれない。

「いいの、気にしないで。ふだんよりずっと感じたんだから」

言いながら、自分がみじめになった。クリトリスで感じるあの感覚より、挿入での快感は、何十倍もいいのだろうか。

知りたい。もっと快感を知りたい。

部屋を出る前に、彼に三万五千円を払う。ホテル代は別に渡して支払ってもらった。ランチ代も考えると、四万五千円近い出費だった。パート代に換算すると何時間働いた分だろう。でも、自分がクリトリスであれほど感じることを知っただけでも、よかったのかもしれない。

「今度はもっとがんばるから」

裕樹くんはホテルを出る前、そう言って、軽くキスをしてくれた。私は彼より一歩先にホテルを出た。彼は別の方向に歩いていくだろう。振り返らなかった。

一週間後、私はインターネットで見つけた別の出張ホストと待ち合わせをしていた。彼とは数回、メールのやりとりをしている。もう私には時間がない。恋愛ごっこをするよりも、とにかく感じさせてくれる人とセックスしたかった。

メールにそう書くと、シンジと名乗るそのホストは、

「僕なら必ずあなたを、深いオーガズムの世界へ誘うことができると思います」

と返信してきた。いちかばちか、私は彼に賭けた。ホームページに載せている写真と同じ顔の男が、待ち合わせ場所にやってきた。彼は嗅覚が鋭いのか、見ず知らずの私のところへまっすぐ近寄ってくる。

「弥生さんですよね。シンジです」

私は「イケない女」オーラでも出ているのだろうか。

シンジは三十代前半だろうか。引き締まった身体をしている。サラリーマンには見えないが、ホスト然としているわけでもない。見た目は、年齢も職業も不詳という感じだ。

「どうして私が弥生だってわかったの？」

彼の車でホテルへ向かう途中、私はそう尋ねた。

「なんとなく。メールの文章とイメージがぴったりだったから。ちょっと控えめで、かわいいところが」

一度でも出張ホストを買ってしまうと、女は大胆になるのだろうか。私はシンジの甘い言葉を余裕で受け止めていた。

彼は出張ホストだけで生計を立てているという。予約は毎日のように入っている。ときには一日二件ということも。根っからの女好きなんですと笑った。

「そうでないと、この商売はできません。すべての女性に魅力を感じられるようでなければ」

ふと本音を見たような気がした。

ホテルの部屋に入り、一緒にシャワーを浴びるところまでは、裕樹くんのときと同じだった。

ベッドに入ると、彼は、

「弥生さん、マッサージしてあげましょう」

と言って、私をうつぶせにし、アロマオイルをつけて背中から足にかけて、丁寧にマッサージしてくれた。特に足は気持ちよかった。そのまま胸を揉まれ、私はだんだん夢の世界へと入っていく。

彼はなかなかクリトリスにも触ってこない。腰のあたりを触りながら、乳首を何度も甘噛みされ、私はそれが気持ちよくて、身体をねじった。

乳首を舌で転がしながら、彼はクリトリスを指で柔らかくつまむ。そのまま指は膣へと入っていき、入り口近辺の膣壁を押すように刺激した。

「身体の力を抜いて。すごくきれいだよ。あなたはものすごく感じやすいと思う」

彼の言葉は催眠術のようだった。裕樹くんほど若くはないし、最初から私はイケないと言ってあるので、こちらも気が楽だった。

「あなたは淫靡《いんび》な女なんだ、本当は。今、ものすごくセクシーな格好で足を開いている。エロティックだよ」

耳元でそう囁かれると、自分が本当に淫靡な女のように思えてくる。そう、私は淫靡な女になりたかった。セックスが好きでたまらない、いつだってオーガズムを感じられる女になりたい。

彼の指が乳首をつねり上げてくる。痛い。でも気持ちいい。別の手の指は、膣の中をさらに奥へと進みながら、膣壁を押さえていく。ゆっくりと、しかし確実に。膣のなってきた。

中の指がお腹側に回ってきて、ある場所を押さえたとき、私は急に気分がおかしく
「あ、だめ。何かヘンなの」

「どんな感じ？」

「なんか溜まってる。お腹が破ける」

意味不明の言葉を叫んでいた。

「少しお腹に力を入れてごらん」

彼の指の力が少し強くなり、膣壁を掻くような感じがした。それに合わせて少しだけお腹に力を入れると、膣から音を立てて水が噴き出した。

「もっと力を入れて」

何かを出したくてたまらなかった。尿が出るときとはまったく違う、今まで感じたことのないような気持ちよさだった。

ピチャ、バシャッと音がして、さらに膣から水が出ていく。ひとしきり出すと、私はぐったりした。もう力が出なかった。

「すごいなあ、弥生さん。ものすごい潮吹きなんだね」

聞いたことはあった。でも、私が潮吹きだなんて……。そんな……。何も考えられ

ないくらい疲れていた。頭も身体も。

「すごくいい身体をしているという証拠だよ、弥生さん」

シンジはそう言った。あとから調べたら、多くの女性はやりようによって潮を吹くらしい。だが、そのときの私は、シンジの言葉を鵜呑みにした。

「感じやすいんだよ。特別にいい身体をしてる」

シンジにそう囁かれて、頭の奥がしびれていった。彼はそこからも容赦しなかった。ぐったりしている私に、いきなりペニスを突っ込んできた。腰を持ち上げ、徹底的にGスポットを突き上げた。私はさらに潮を噴き上げる。彼の顔にも私の顔にも、それは飛んできた。だが、シンジはそんなことにかまわず、突き続ける。

「もうダメ、許して」

そう言っても許してくれなかった。そして、もっともっと奥を責めてきた。

「子宮が下がってきてる。ほら、当たるのがわかる？」

彼に言われてわかった。子宮の入り口に彼のペニスが当たる。さらに子宮を割るように彼のペニスが入ってくるような気さえした。身体が割れそうだった。四肢が自分の身体から離れていくような、強烈な恐怖感と強烈な快感は、まったく同時にやってきた。

「死んじゃうう」

何度も叫び、何度もイッた。何もかもどうでもよくなっていた。このまま死んでも後悔しない。自意識など、まったくなくなっていた。「快感」というのは、感じるものではなく、襲われるものだとわかった。

皮膚が溶けて、身体も溶けて、どろどろになったころ、彼は私をようやく離してくれた。彼も私も汗みどろだった。

「感じないなんて弥生さん、嘘ばっかり」

彼は私の横に寝ころんで、ぜいぜい息をはずませながら言った。

「オレ、死ぬかと思った」

「それは私のセリフよぉ」

私たちは顔を見合わせて笑った。知らない男と、こんなふうにどろどろになるようなセックスをして笑っている自分が信じられなかった。

シンジより一足先に、シャワーを浴びた。熱めのお湯で身体を流すと、今までの何もかもが流れていって、生まれ変わったような気持ちになった。

まだ時間があったので、ホテルを出て喫茶店に寄る。

「あなたがうまいのはわかるけど、ほとんど感じたことのなかった私が、どうしてこんなに感じたのかしら」

　私は思ったことを口にしていた。どうしても信じられなかった。あんなすごい快感が、どこからやってきたのか。

「あなたの中に眠っていたんだよ。それが開花しただけ。一気に大輪の花を咲かせたというか」

　シンジは感慨深げに言った。お手伝いができてうれしかった、と。

　私は濃いエスプレッソを飲みながら、ようやく気持ちが落ち着いていくのを感じていた。

「でも、あなただから私を開花させることができたんじゃないかしら」

「そのへんは相性かもしれないけど。弥生さんが僕にふっと心を許してくれたんじゃないかな」

「今までに私みたいな女、いた？　なかなかイケなくて困っていた人」

「僕がどんなにがんばっても、結局、イかせられなかった女性もいるよ。そういう人は、自分で自分にブレーキをかけてしまうんだと思う」

「私のブレーキは、それほど強固じゃなかったのね」

　確かに自意識が飛んだ瞬間があった。何がどうなってもいいと思ったから身体も感じたのか、感じたから自意識が飛んだのか。いずれにしても、どこかで私の枷《かせ》がはずれたのは確かかもしれない。

シンジと別れ、デパートですき焼き用の肉を買って帰った。今日は生まれ変わった自分を祝ってやりたかった。

「うわ、お母さん。いい肉だねえ、何かいいことあったの？」

夕食の席で、娘の香織が鋭く突いてくる。

「あなたたちの健康と成績向上を願って、いい肉を買ったのよ」

「ひええ。成績向上？」

息子の宏が、冗談っぽく声を上げる。

私にとって大事なのはこの子たちだ。宏と香織は宝物。念願だったオーガズムは手に入れた。あとは彼らのために、母として過ごせればそれでいい。

私はそう決意していた。もう快感を追い求める必要はないのだ。あれほどの快感を得られたのだから。たとえ今死んだとしても、私は「オーガズムを知って死んだ女」だ。それだけで満足だった。

その夜遅く、帰ってきた夫が、台所でうろうろしている。私は声をかけた。

「お茶漬けでも食べる？」

夫に対しても、妙に優しい気分になっていた。

夫はうれしそうにお茶漬けを平らげている。

「悪いな、夜中に」

「ううん、あなただって遅くまで仕事して大変だと思う。身体に気をつけてね」

夫は優しい目で私を見た。それだけで幸せだった。女である歓びを感じないままに朽ち果てなくてよくなった。それは、そのまま私の自信となったようだ。夫との関係が少し変わった。お互いに思いやりをもつようになった。私はあの日の大きな快感を心の支えに、これからを生きていけると思っていた。

ところがそれから一ヶ月ほどたつと、私はなんだかいらいらしている自分を感じるようになった。あの感覚がだんだんリアルでなくなるとともに、「また獣のようなセックスをしたい」「もしかしたら、もっと深く感じることができるのではないだろうか」「もっと激しく乱れたい」という気持ちが、日に日に制御しきれなくなっていくのだ。

こんなはずじゃない。私は焦った。自分が感じられる女であるとわかりさえすればよかったのだ。

だが、私が突っぱねれば突っぱねるほど、性欲は私に襲いかかってくる。どうしたらいいのかわからなかった。今さら、夫にしてほしいとも言えない。

　私たち夫婦の寝室はツインベッドだ。ある晩、私は眠れなくて悶々としていた。夫は深い寝息をたてている。

　そっと自分の下着の中に右手を入れてみる。左手は右胸へ。すでに立っている乳首を指でこりこりいじると、思いがけず大きなため息がもれた。右手でクリトリスをいじる。

　私はマスターベーションをしたことがなかったが、欲望は、そんなことを忘れさせてくれた。クリトリスを触っていると、あの日、潮を吹いたときの感覚が甦ってくる。思わず膣の中にも指を入れてみた。シンジがやってくれたように、膣の入り口あたりから奥のほうまで徐々に指を入れて膣壁を押していく。

　だんだん興奮してきた。自分の膣の奥のほうにまで指を入れるのは抵抗があったけれど、入れて動かしてみると少しずつ気持ちがよくなっていく。

　シンジとしていたときのことを思い出す。彼自身に恋愛感情はないけれど、彼のセックスには執着があった。また、彼に感じさせてもらいたい。もっともっと、私は深い快感にのめり込んでいけるはずなのだ。

「おい」

急に声がして、私は我に返った。夫がサイドテーブルのランプをつけている。私は夫に背を向けた。夫は起きあがり、私の布団をいきなり剝いだ。私はパジャマの胸をはだけ、下半身は全部脱いでいた。

夫は私の両足首をつかみ、ぐいっと広げた。そこがすでに濡れているのが、夫の目に入ったはずだ。

夫は私に飛びかかるように覆い被さってきた。私は期待した。誰でもいいから、この下半身の熱を冷ましてほしかった。ぶち込んで、お願いだから。心の中でそう叫んだ。

だが、結局、夫はできなかった。あれ、あれと何度かつぶやいたあと、私から離れた。

「なんだかびっくりして興奮しすぎた」

きまり悪そうに言って、自分のベッドに潜り込むと、すぐに寝息をたてはじめた。

彼にとって、もはや私という女より睡魔のほうが心地いいのかもしれない。

私もすっかり気分が萎えてしまった。それなのに下半身に指をやると、かなりびちょびちょに濡れていた。濡れているとわかった瞬間、またしたくなってきた。したいしたい、セックスしまくりたい。

私は指を二本まとめて、自分の膣に入れ、激しく出し入れした。だんだん奥のほうが感じてくる。この感覚を覚えておかないと、また「イケない女」に逆戻りしそうで怖かった。

私はひとりで自分を慰め、シンジとのセックスほど強烈ではなかったが、それなりに「イク」感覚を記憶にとどめた。

翌朝、夫は自分が不発だったことなど忘れているかのようにごく自然に振る舞い、仕事へと出かけて行った。本当に昨夜のことは忘れているのかもしれない。夢だったと思っている可能性もある。

家族を送り出し、パートに行く。だがその日、私は心ここにあらずという状態だった。なまじ半端に身体が感じてしまっただけに、「セックスしたい」という強烈な欲望に全身を支配されてしまうのだ。

何度も計算ミスをし、夕方には上司に呼ばれて叱られた。

「何か心配ごとでもあるんですか」

私より少し年上の、その男性上司に言ってみたかった。

「セックスしたくてたまらないんです。今すぐ、ここでしてもらえませんか。そうしたら私、仕事に集中できると思います」

言えたらどんなに気分がいいだろうと思いながら、私はうなだれていた。私のミスによって増えた仕事は、仲間の恭子が、一緒に残って片づけてくれた。

「ねえ、そういえばホスト、買ってみた？」

帰り際、お礼にとお茶に誘った。カフェに着くなり、恭子は声をひそめてにやっと笑う。

「うん、若い子とボウリングしたわ」

「それだけ？」

「もちろん。あなたは？」

「私、最近、はまっちゃった子がいるのよ。三十歳くらいの子なんだけど、芝居をやっていて、その合間にホストを仕事にしてるの。生活していくのが大変みたいだけどね。彼とは身体の相性がいいのよ」

私はどきっとした。身体の相性。シンジともそんな話をしたっけ。

「ねえ、身体の相性って具体的にはどういうこと？」

「サイズなんて関係ないって言う女がいるけど、あれは嘘じゃない？　ある程度の長さと太さと固さがないとね。でも、やっぱりそれだけじゃないわよねぇ」

恭子は遠い目をする。彼とのセックスを思い出しているようだ。

「たとえば腰の動かし方ひとつとっても、ただ前後にばこばこ動く男と、腰を回すようにする男がいるじゃない？　センスっていうのも大きいわよ。それが自分と合うかどうか」

恭子の目が潤んでいる。

「いやだ、なんだかしたくなってきちゃった」

恭子はそう言って笑った。

彼女の潤んだ瞳を見ていたら、私までしたくなってきた。シンジはどういう腰の動かし方をしていただろう。あのときは初めて潮を吹いたりして、わけがわからないままに挿入してしまったから、気持ちがいいと思っただけなのだろうか。

潮を吹かずに、前戯もそんなにじっくりしないで挿入したらどうなるんだろう。それで感じたら、初めて「中でイッた」ということになるのではないだろうか。

「恭子さんは挿入されてからのほうが感じる？」

「私は、とにかく長い時間、入れられているのが好きなのよ。今日はどうしたの？　急にセックスしたくなっちゃったの？」

「そういうこと、ある？」

「あるに決まってるわよ。私たち、女盛りなのよ。つまり『やり盛り』ってこと」

私たちは顔を見合わせて笑った。誰にでもセックスしたいという欲求はあるようだ。私だけがおかしいわけではなさそうだ。

他の男としてみよう。私はそう思って、裕樹くんが所属しているホストクラブに電話をかけた。三十代半ばくらいの男性を紹介してもらう。裕樹くんはすごくよかったけど、別の男性ともデートしてみたいと電話に出た女性に言った。

「そうですね。やっぱりいろいろな人と試してみないとね。相性もありますし」

彼女も相性という言葉を口にした。セックスは相性なのか。ということは、夫に感じたことのない私は、夫との相性がよくないのかもしれない。

翌日午後、新しい男性と会った。自営業で、時間のやりくりをして、この仕事をしていると言う。スーツ姿で颯爽としたタイプ。感じのいい人だった。

「すぐに行きますか」

私はうなずき、ふたりでホテル街へと歩いて行った。相手のことをほとんど何も知らないのに、これからいきなりセックスをするのだ。私は試してみたかった。何も知らない人と、何も知らないままセックスしてみて感じるものかどうか。冒険だった。

彼は気を遣って、趣味の話や最近見た映画のことなどを話している。私は、それを彼自身の情報のひとつとは思わないようにして聞いていた。好きな映画ひとつで、その人の性格の一端が見えてしまうことだってあるのだから。情報はあえて遮断して、生身の男と女として、オスとメスとして向き合ってみたかった。

ラブホテルの部屋に入るなり、私は彼に抱きついた。

ねっとりとしたキスをする。舌を出すと、彼も積極的にからめてきた。しばらくお互いを吸い取りあうように濃厚なキスを続けた。

「なんてセクシーなんだ、きみは」

歯の浮くようなセリフもセックスの場面では許される。

「したくてたまらないの。感じさせて」

そう言いながら、彼の下半身をズボンの上から、手のひらで包み込んだ。すでに固くなっている。

「僕で大丈夫かな」

「もちろん。あなたはとてもステキよ」

負けずに歯の浮くようなことを言ってみる。今日の私は女優だった。

彼は私のブラウスをはだけさせ、胸にキスをする。すでに乳首は痛いほど固くなっていた。

「一緒にシャワーを浴びる？」

「先に浴びてきて」

彼はバスルームに消えた。すぐに出てきて、また私を抱きしめる。私は外出前にお風呂に入ってきたのだが、さっとシャワーを浴びた。彼は脱衣場で待っていて、バスタオルで私を包み込み、そのままベッドまで運んでくれた。

「お願いがあるの」

「なあに？」

「すぐに入れてもらえないかしら」

「ええ？」

彼は驚いたようだった。だが何も聞かずに、私の身体を押し開き、ぐぐっとねじ込むようにして入れてくれた。中はたっぷり潤っていたようで、彼が少し動くとぴちゃぴちゃと音がした。

「弥生さん。すごくいいよ」

彼は入れたまま、私の身体に優しく触れ、首筋から胸へとキスを浴びせる。

「でも終わってしまったらもったいないな」

彼がつぶやいた。すごくうれしくなり、私は自ら腰を振ってしまう。

「すごく感じたいの。お願い」

彼が徐々に動き始める。前後左右、奥深くに入れたまま腰をぐいぐいと回してきた。私の足を持ち上げ、これ以上奥には入らないくらい奥まで入れて、かき回すように動く。

クリトリスのような鋭い快感はない。シンジのときに感じたGスポットのような激しい歓びもなかった。やはり私は中だけでは感じないのか、と思った瞬間、身体のいちばん深いところから、大きな大きな岩がせり出していくような奇妙な感覚があった。

「あ、なんだかヘン」

「どうしたの？」

「なんか……。怖い」

「大丈夫だよ」

彼はしっかりと抱きしめてくれる。だが、激しい動きはやめない。私もそのリズムに合わせて腰を振る。彼の身体の中に取り込まれていきそうだった。

彼の息遣いが激しくなっていく。身体が真ん中から左右にまっぷたつに割れそうだった。

「だめ、壊れちゃうぅ」

「壊してやる」

彼のその言葉に、私は脳の奥がぶちっと反応するのがわかった。壊して、私を壊して。私は叫んでいたかもしれない。歯ががちがち鳴るほど感じていた。身体中の震えが止まらない。

「弥生さん、オレもイキそう。いい？」

私は何も考えられず、うんうんと頷く。「おお」と小さくうめいて、彼も果てた。

私は彼に多少なりとも好感は抱いたけれど、彼がどんな人かはほとんどわからなかった。クリトリスなどへの愛撫もほとんどない。そのあげく、ほぼいきなり挿入してもらった。それでも、私は感じることができた。肉体のみの快感というのはあるのだし、私はそれを手に入れることができたのだと思った。

私は彼の頭をそっと撫でた。彼は甘えるように私の胸に顔を埋めている。

彼がようやく身体を離し、隣に寄り添ってきたとき、私はかいつまんでそういう話をした。中だけでイッてみたかったのだ、と。

「弥生さんの身体は淫乱だと思う。あなたのふだんの生活は知らないけど、すごくエロいオーラが出ているというか」

エロいオーラだなんて、と私は有頂天になる。淫乱な女になりたい、淫靡でありたいという思いが心をよぎる。

しばらく話していると、彼が私の胸を触ってくる。なぜか乳首は固く立ったままだ。指の腹でこりこりすると、乳首はさらに大きく立ち上がってくる。

「ほら、もっとしたいってここが言ってるよ」

彼は今度はじっくり責めてきた。クリトリスと膣とアナルを同時に指で刺激され、私はベッドの上でのたうちまわって床に落ちそうになる。

彼は私の腰の下に枕を重ねて入れ、足を思い切り開かせた。膣からアナルまでが完全に丸見えだ。私は恥ずかしくて、顔を隠すしかなかった。彼はクリトリスをつまみながら、アナルには固く尖らせた舌を入れてきた。私の腰をしっかりつかんで動かないようにして。彼につかまれた腰は、興奮と快感でずっと痙攣したままだ。

エロい女だという言葉に、自分がこれほど反応するとは思わなかった。相手はどこの誰なのか、どんな背景をもっているのか、どんな考え方をする人なのか、職業も年齢もわからない。それなのに、私のあそこはびちょびちょになっている。

狙いを定めたように、彼がぐいっとペニスを押し込んでくる。奥まで入れずに半分くらいのところで腰をぐりぐりと回す。私は潰れた蛙のように足を開いて曲げたまま、身体中を貫く鋭い快感に泣いていた。

抜けそうになるところまで腰を引き、次は身体中を入れてくるように奥までぶち込む。彼はそれを繰り返しながら、胸を揉みしだき、アナルに指を突っ込んだ。ぼろぼろにされていく感じなのに、頭の中は、どろどろの快感に悶えていく。浮かんでくるのは「死ぬほど気持ちいい」という言葉だけだ。今死んでも、私は絶対に後悔しない。

彼が何か言ったような気がしたが、私には自分の死と隣り合わせのような快感しかなかった。ぐうっと体重がかかってきて初めて、彼も終わったんだと気がついた。彼の背中はうっすらと汗ばんでいる。こんなにがんばってくれるなんて。うれしくてまた泣けてきた。同時にものすごい睡魔に襲われる。

一瞬、眠っていたようだ。彼が動き出して、ようやく我に返る。

「大丈夫？　弥生さん」

まだ頭がぼうっとしている。時計を見ると、三時間もたっていた。早く帰って夕飯の支度をしなければ、と思っているのに身体が動かない。脳の命令が身体に伝わっていかないことがなぜかおかしくて、私はうふふと声を出して笑った。

「どうしたの？」

「なんだかあんまり気持ちよくてうれしくなって」

「弥生さん、本当にかわいいよ」

彼はぎゅうっと私を抱きしめてくれた。

「ねえ、あなたと私はお互いを知らないのに、これほど気持ちがいいのはなぜなのかしら」

「相性。あるいは人類愛」

彼の言い方がおかしくて、また笑った。身体を合わせたけれど、馴れ合いの感じはなく、お互いの身体の間にさわやかな風が吹いているような感じだった。私は一ヶ月分のパート代の半分近い代金を払ったが、惜しくはない。

ひとりで歩き出すと、身体が軽くなっていた。最後まで、私は彼のことを何も聞かなかったなあと思いながら家路を急いだ。

よく知らない男であっても、感じるときは感じる。そうなると、セックスって何なんだろうと思うようになった。夫のことは嫌いじゃない、人生を共にしてきて、子どもまでいる間柄だ。だけど夫とのセックスは感じない。だからしたくない。夫は家族であって、男ではないからだろうか。

もちろん生理的に受けつけないような男とはしたくないけど、出張ホストクラブの男は、みんな清潔感があるし、そこそこ女の扱いも心得ている。そういう男となら、こちらが性的に飢えてさえいれば、感じることができるものなのかもしれない。

だが、月に一回だとしても出張ホストを買い続けるのは負担だった。かといって出会い系などで知り合うのは怖い。

快感を求めるという欲望には、果てがないらしい。しかも周期が短くなる。前は一ヶ月我慢できたのに、今回は二週間ほどで、身体の奥がうずうずしてきた。男がほしい。心の中でつぶやく。大きなペニスを突っ込まれてかき回されて、腰を打ちつけられて。気が遠くなるほど気持ちよくなりたい。どうしたらいいんだろう。

ある日、ひとりで入浴しているとき、私の目にシャンプーのボトルが飛び込んできた。大きいけれど、入らないサイズではなさそうだ。そう思ったとたん、なんだかたまらなくなってきた。腰が疼き、立っていられなくなる。

私は中腰になり、手でクリトリスをむき出しにし、最大水量にしたシャワーを当てた。膝ががくがくしてくる。バスルームの床に座り、いろいろな角度からシャワーを当て続けた。だんだんクリトリスが大きくなっていく。シャワーを当てたまま、自分で乳首をつまむ。身体がのけぞった。

シャワーをはずし、膣に指を入れてみると、中は柔らかく潤っている。私は思いきってシャワーのボトルを先端から入れていく。途中でまるでカリのように出っ張りがあるボトルなので、出し入れすると膣の襞にひっかかって気持ちいい。私はボトルの出し入れに没頭した。

バスタブに手をつき、後ろから入れられているイメージで出し入れもしてみた。もう片方の手でクリトリスを刺激する。後ろから誰かに無理矢理されている。イヤなのに感じてしまう。そんな想像がどんどん増していく。

スピードが増していく。バーンと頭の中で何かが弾けた。

ひとりでしても、こんなに感じるんだ……。私はバスルームの床にへたりこんで快感の余韻を貪っていた。頭がぼうっとする。

ようやく起きあがって、バスタブに浸かった。脱衣場を出ると、娘がいらいらしたように待っていた。

「お母さんったら、長すぎ。お風呂で倒れてるのかと思ったわよ、もう」

「あら、香織、今日はお風呂はやめとくって言ってなかった？」

「うん。でもやっぱり入ることにしたの」

娘は私の目を気にすることもなく服を脱いだ。つややかで張りのある若い肌が目に刺さる。私にもあんなころがあったはずだ。若いときに、もっとセックスを楽しんでおけばよかった。今になって、これほど自分の欲望に苦しめられるなどとは、思ってもいなかった。

バスルームでの自慰は悪くはなかった。だが、やはり数日たつと、男がほしくてたまらなくなった。かといって、夫からの生活費に手をつけるわけにはいかない。それは私のプライドだ。

それからさらに数日後、用があってデパートへ行った。夫が、仕事で世話になった人に贈り物をしておいてほしいと言っていたのをすっかり忘れていたのだ。少しデパートをぶらぶらして外へ出ると、身体の中から出た液体が、下着にしみていくのを感じた。身体が泣いている。したいしたいと泣いているんだ。そう思った。惨めだった。

「落としましたよ」

後ろから声をかけられ、どきっとした。ぼんやりしながら歩いているから、手にもっていたハンカチを落としたらしい。

「ありがとうございます」

そう言って顔を見る。三十代後半だろうか、カジュアルな格好をした、温和そうな男性だった。

「あの……。急にこんなことを言って申し訳ないんですが、あなたの靴はどちらでお買いになりました？」

「は？」

　突然の話に戸惑っていると、彼は頭を下げた。

「すみません、急にこんな質問をして。実は私は靴職人なんです。あなたの靴がとても素敵だったので、つい目がいって」

　私はその日、お気に入りのパンプスを履いていた。めったにパンプスは履かないけれど、これは革の柔らかさと玉虫色のような艶が気に入って、三日も迷ったあげく夫に相談し、夫が鷹揚に誕生日プレゼントとして買ってくれた一足だ。輸入物だからかなりの値段だったのを覚えている。

　男は謙虚に言った。

「十分でも五分でもいいです。どこかでちょっとゆっくりその靴を見せてもらえませんか？」

　私は男の真摯な様子に妙に胸を打たれ、近くの喫茶店に一緒に入った。

　奥のほうの人がいない席をとる。彼はコーヒーが来る間、私が脱いだ靴をためつすがめつ眺めていた。

「これ、ほとんど手作りですね。いい革だなあ」

　彼が私を見ていないのをいいことに、私は彼をこっそり観察した。まるで学生のような身なりだが、よく見ると着ているシャツも、羽織っているジャケットも質はよさそうだ。何より目が輝いていた。

「靴職人さんになって長いんですか」

「いえ、脱サラして始めて、まだ五年です。イタリアに行って基礎は勉強したんですが、なかなか……。商売にするのは大変です」

彼は靴から目をはなさずにそう言った。

コーヒーが運ばれてきても、彼は靴を目の高さにもったままだ。ウェイトレスが怪訝そうに見ても気づかない。夢中になれるものがある男の目は、本当にきれいだった。

「すみません。ヘンなヤツだと思ったでしょう」

彼はようやく私に靴を返し、コーヒーをすすった。今度、アトリエを訪ねる約束をする。

「本当に行っていいかしら。すごく興味があるわ」

「もちろん。僕からも連絡していいですか？」

携帯電話の番号とメアドを交換した。彼には心を許しても大丈夫だという気がした。

出会いというのはどこにでもあるものだ。彼とのセックスを考えていなかったわけではないけれど、それ以上に、彼の靴を見つめるきらきらした目が忘れられなかった。

あんな目で見られる女はいるのだろうか。どうしても彼のことが気になり、三日後に電話してみた。

「今から来ませんか？」

彼は屈託のない声でそう言った。私は素直に行くと答える。

最寄り駅に着いて電話をすると、彼はすぐに迎えに来てくれた。住宅街に、そのアトリエはあった。一階がアトリエ、二階が住居になっているらしい。

「もう少し広いアトリエがほしいところなんですが……。まあ、独り者なんで」

彼は照れたように言った。年齢は四十歳だという。どうしても靴を作りたくて脱サラした五年前、妻は家を出て行ったという。

「妻をひきとめることはできませんでしたね。子どももいなかったし、お互いに違う人生を歩いていこうと話し合ったんです」

彼は少し寂しそうに言った。どんな人にも過去があり、今がある。

アトリエにはさまざまな色の革があった。温度や湿度にはことのほか気を遣うらしい。私は作りかけのパンプスを見せてもらいながら、靴ってセクシーだなと思った。

「あなたの作る靴はセクシーだわ」

「これを履くと女性がよりセクシーになる。そんな靴を作りたいんです」

彼は真剣な目をしていた。私の足元に目をやり、靴を脱がせると、作りかけの靴を履かせてくれた。八センチはある細いヒールにおさまった私の足を、彼は手のひらで撫でた。頭の奥がしびれていく。

セクシーな靴を作る男は、骨張った手をしている。なのに指先は繊細だ。そんな彼の手が私の足首からふくらはぎを、触れるか触れないかの柔らかさで、撫で上げている。

「本当のことを言えば、靴が気になったわけじゃない。あの靴を履いているあなたが気になった」

彼はつぶやくように言った。

「私はあの靴に興味を抱いたあなたが気になった」

私はそんなキザなことを言ったが、恋というのとは少し違っていた。どこかもっと深い「運命」のようなものを感じていたのだ。こういう男は危ないかもしれない、関わると人生を誤る危険な匂いがする。頭の中にはそんな警告音も鳴っていた。

だが、私はその警告音を振り払い、足に触れる彼の指先に神経を集中した。彼はそのまま私の足を撫で上げ、スカートの中に手を入れてきた。

靴職人の元に来るという意識があったから、出がけに悩んだ末、唯一もっているガーターベルトを着けてきた。彼の指がストッキングを通り越し、ナマの肌に触れる。

私は息が止まりそうになっていた。彼は椅子に座った私のもとに跪き、指を下着の脇から滑り込ませてくる。びくんと私の身体が反った。足を思い切り広げさせる。もう片方の足にも、自分の作りかけの靴を履かせた。漆黒のそのパンプスは、まるで私のあそこのようにぬめぬめと光っている。

彼は下着をぐいっと横へ寄せて、私のあそこを見つめた。すでに私は濡れている。彼の指が正確にクリトリスをとらえた。

彼はクリトリスをゆっくりと刺激しはじめる。私が感じて身体を動かそうとすると、そうっと腰を押さえつけた。

「動かないで」

じわじわと蜜があふれてくるのを感じる。

あそこにひやりと冷たいものが入ってきた。中がぐっと広げられる。

「見て」

彼が大きめの手鏡をもっている。そこにはペンチのようなもので広げられた私の膣内が映っていた。初めて自分の内部を見て、私は目が離せなくなった。

「きれいだ」

彼はそう言って、なおもペンチ状のもので中を広げた。そしてそうっと指を入れる。彼の指は長く、奥の奥まで入っていく。何かをとらえた。こりこりと刺激する。徐々に身体全体がしびれてきて、我慢できなくなっていく。

「ああ、すごくいい。なんだかヘン。どうしたらいいかわからない」

「大丈夫。僕に任せて」

彼は指の動きを止めない。身体の感覚はよりおかしくなっていく。怖かった。何か言おうとした瞬間、腰が割れるような爆発的な快感があった。私は椅子ごと後ろへ倒れそうになる。彼がしっかり抱きしめてくれた。

「子宮の入り口を触ってたんだよ」

私がまだぜいぜいと息を切らせているのをおもしろそうに見ながら、彼はそう言った。

私は彼のジーンズの上から股間を触った。固くなっている。

「ほしい」

彼の目を見て言った。彼はジーンズを脱いでいく。彼を全裸にして、全身を愛撫したかったけれど、私はすでに身体が重くだるくなっていた。

彼は私をアトリエの隅にあるソファに連れて行った。ソファに寝かされ、シックスナインになった。初めての男とこんなことをするなんて、と思ったけれど、私は必死で彼のペニスをしゃぶった。彼は途中で身を起こし、私の胸をソフトに触っていく。身体の中がまたじわじわとヘンな感じになっていく。

彼は身体を入れ替え、私の中にゆっくりと入ってきた。入れたまま、じっとして動かない。それなのに、彼のペニスがぴくぴくしているのがわかった。私の膣の襞が、しっかり彼のペニスにからみついているのもわかる。

「すっごくいいよ、弥生さん」

彼の目を見ると、靴を見つめるような熱いまなざしが私にそそがれていた。

彼は私の中に沈み込みながら、動きもせずに硬度を保っていた。かちかちになっている彼のペニスの先端だけがときどきびくびくするのがわかる。

激しく動かないのに、私は激しく感じていた。こんなのは初めてだ。

彼は私の両足を持ち上げる。靴を履いたままの私の足を、彼はゆっくりと撫でていく。ガーターベルトに吊るされたストッキングに、私の足は包まれている。

「きれいだよ、弥生さんの足。エロティックな足だ」

彼は足にキスしてくれる。そのとき腰がぐっと動いて、ペニスが奥に入り込んだ。

私の身体が勝手にのけぞる。彼は私の足をまっすぐ上にあげると、ぐいぐいと腰を打ちつけてきた。感じすぎて息ができない。苦しいけど気持ちがいい。「いい、いい」と叫びながら、涙が止まらなくなっていた。身体がとろとろに溶けていくような感じ。すべてのストッパーがはずれてしまったようで、涙だけでなく口の端からよだれまで垂れているような気がする。

何もかもどうでもよかった。きっとこれが本物のオーガズムだ。すべてが溶けていく、この感じこそが。脳みそもとろとろ。何も考えられない。

彼の動きが本格的になっていく。私を横向きにして片足を上げさせた。奥の奥までペニスが入ってくる。前後左右に揺さぶられて、私も必死で腰を動かした。そのまま少しずつ体位を変え、後ろからになったとき、私は本当に自分が犬にでもなったような気分だった。この快感を味わうために、私はこのところ男漁りをしてきたんだ、とはっきりわかった。うれしかった。これほどの快感があることを知ったのは、本当に幸せだと思ったら、また泣けてきてしまう。

彼が後ろから胸をつかむ。わしづかみにしているのに痛くはない。つかみながら乳首の先端をつつく。そのたびに私のあそこがきゅんと締まるのを自分でも感じる。

「弥生さん、すごい。吸い込まれるようだよ」

彼はときどき、私をそうやってよりエロティックな気分にさせるような言葉を投げかけてくる。

身体中が性器になっている。どこもかしこも感じていた。身体中の細胞がどんどんふくらんでいく。中から破裂しそうだった。

「イク、イッちゃう」

「いいよ、イッて」

私は身体を反らせたまま、がくんがくんと痙攣していた。

完璧にイッてしまった私を仰向けにし、今度は正常位で責めてきた。腰を押さえ込んで、激しく出し入れを繰り返す。

イッたあとは何も考えられない。身体も重くてだるい。そこへさらに責められて、私はまさに瀕死の状態だった。最高レベルで感じたばかりなのに、さらに高みに昇っていく。

気持ちいいのを通り越して、恐怖感がわいてきた。彼はやめない。どこまでも激しく動き続ける。

「死ぬう、死んじゃう」

「いいよ、一緒に死のう」

彼は叫び、次の瞬間、ううっと大きくうめいて、力尽きたように果てた。

彼に巡り会うために、私は生きてきた。そう確信した。

「オレ、弥生さんに会うために生きてきたのかもしれない」

彼も同じことを考えていたんだ。

「私もそう思ってた」

私たちは抱き合ったまま、少しまどろんだ。そして起きると、彼が淹れてくれたコーヒーを飲みながら、お互いの過去を駆け足で話し始める。

気づくと、すでに外は暗くなっていた。

「帰らなくちゃ」

「帰らないで」

彼が私の首筋に唇を寄せてくる。身体の奥がまたじんじんしてきた。

「お願い、私には子どもがいるのよ」

「僕をひとりきりにしてもかまわないわけ？」

彼は急に子どもじみたことを言い始める。

「また来るから」

「明日？」

「明日は仕事なのよ」

「じゃあ、夜来て。弥生さんの家からここまで、三十分もかからないよ」

「夫も子どももいるのよ。夜出てくるのは大変なの」

「夜中にこっそり」

それならできなくはないかもしれない。ずるりと泥沼に足をとられたような気がした。だが、さっきの快感を求める気持ちのほうが強かった。

「わかった。やってみる」

彼はまたも私を押し倒そうとする。拒めなかった。もう一度、絶頂を味わうと、私はシャワーも浴びずに彼の家を飛び出した。

家に戻ると、夫と子どもたちがピザを囲んでいた。

「どうしたの、お母さん。携帯もつながらないし。お腹すいたからピザとっちゃった」

娘が明るい声で言う。そのとたん、私のお腹がぐるるると大きな音をたてた。夫が笑い出した。私は行き先を追及されずに、ピザを頬張った。

翌日の夜、夫は珍しく早く帰ってきた。顔が青い。

「風邪ひいたみたいなんだ」

熱もある。薬を飲んで、早々に床についた。

子どもたちも試験が近いとかで、食事を終えると自分たちの部屋へと引き上げていく。

今夜はチャンスかもしれない。神様が彼との関係を祝福してくれているのではないだろうか。そんな気さえした。

深夜、夫の様子を覗くと、薬が効いたのか、すやすや寝息をたてていた。汗ばんでいたのでパジャマを着替えさせ、もう一度、薬を飲ませる。おかゆを一杯すすると、夫は珍しくしみじみと「ありがとう」と言い、またすぐに眠り込んだ。

午前一時に近い。彼にメールをすると、「待ってる」と返信が来た。私はこっそりと外へ出てタクシーを止めた。電車なら三十分はかかるが、深夜の車だと十五分で彼の家にたどりつく。

玄関を開けて出迎えてくれた彼は、「我慢できない」と言って玄関から続く廊下に私を押し倒した。

服も脱がないまま、私たちは一ヵ所だけでつながった。つながった瞬間、ふたりとも「ああ」とため息をつく。

「ほっとした」

そう言って彼を見上げると、彼は涙ぐんでいた。

「オレもようやくほっとした。本気で惚れたんだ。きみがいないと、苦しくてしかたがない」

つながっていないと、不安で苦しくてたまらない。こんなふうになってしまったのはなぜなんだろう。どうして彼なのか。わからないけど、好きという言葉を越えて、絶対的に自分に必要な人だった。

「気持ちいいね」

彼が言う。

「私ね、入れてもらうと、やっと自分が自分になったような気がする」

「オレも同じ気持ちだよ」

彼は動き始める。入れたまま、私の服を脱がせていく。私のガーターベルトからストッキングをはずして脱がせるとき、彼はうっとりしているように見えた。ようやくふたりとも全裸になる。彼がぬっと突きだしてきたペニスを、私はせっせとなめた。私の中にいったん入ったペニスは、彼の匂いと私の匂いが混じり合っていて、生臭かった。その生臭さこそが、私には歓びだった。

彼を廊下に押し倒し、タマを口にふくんで優しく転がす。左手でペニスをゆっくりねじるようにしごく。そしてさらに私は彼の肛門に舌を入れた。彼がうめき声を我慢しているのが、とても愛しく感じられた。

私たちは朝五時ころまでずっとつながっていた。空が白くなり始めたころ、私は言いにくいことを口にしなければならなかった。

「帰らなくちゃ」

「帰らないで。ここにいて」

「いつまで?」

「ずっと」

彼は聞き分けのない子どものように、私の胸に顔を埋めたままだ。せつなかった。私もここでずっと彼とセックスしていたい。セクシーな靴を作る彼が疲れたら、彼にエロティックな時間をプレゼントする。そんな生活が成り立つのかどうかわからなかったが、私はいつでも彼とセックスしたかった。そういう環境でいたかった。

「弥生」

彼が私を呼び捨てにした。

「本気で、ここで暮らす気はない?」

宏と香織の顔が浮かんだ。あの子たちと離ればなれになるなんて、どうしても考えられなかった。夫の顔は出てこない。

「私だってそうしたい。でも……」

「きみにはオレより大事なものがあるもんな」

彼は拗ねたように言う。

「違う。責任の問題よ。大人の勝手に子どもを巻き込むわけにはいかない」

「オレのこと好き?」

かわいかった。たまらなく愛しくなった。私は彼の全身に口づける。

そしてあわてて身支度をととのえ、外に出てタクシーを止めた。今度も自宅まで十五分。軽く化粧を直した。何をやってるんだ、と頭の隅をもうひとりの自分の言葉が通り過ぎていく。

アリバイに、近所のコンビニで食パンを買った。こっそり家に入っていくと、夫が台所にいる。

「どうしたの?」

「どこへ行ってたの?」

「コンビニ。朝のパンがなかったから」

夫はまだ少し目が赤い。熱があるのかしら。そっと額に触ったが熱くはなかった。

「よかった。熱が下がったみたいね」

「うん」

夫は何か言いたげだったが、そのまま寝室へと戻っていった。もしかしたら、もっと前から起きていて、私がいないのを知っているのかもしれない。なぜ何も言わないのか。

気にはなったが、私は考えないようにして、朝食と弁当作りにとりかかる。さっきのできごとが、自分の中から消えていくのを感じている。ここにいる限り、私は普通の主婦であり、母親でしかない。

私はもう自分を止められなくなっていた。夫と子どもを送り出すと、また靴職人の彼の元へ行った。

二週間後には、パートもやめた。彼の都合がつく限り、私は彼の元へ行った。ただ、彼に抱かれるために生きているようなものだった。

彼は私にいつも、作りかけの靴を履かせた。

あるとき、彼は私用に作ったと、革の手錠を見せてくれた。

「はめて。そして動けないようにして」

私の申し出に、彼は戸惑ったようだったが、私を革の紐でアトリエの柱にくくりつけた。

「これ、失敗しちゃったんだ。弥生さん用にしよう」

彼はそう言って、十センチもあるパンプスのヒールで、私の身体を愛撫していく。ヒールが乳首を撫で回す。そしてヒールは私のあそこにそっと入れられた。

作りかけのパンプスを履かされたまま、両足を広げられ、私は彼のおもちゃになる。この瞬間が私の生きている証《あかし》になった。

理性など、とうに飛んでいた。オーガズムを感じたことのなかった私が、今や彼のペニスを見るだけで、子宮が痙攣するのを実感していた。

彼のペニスは少しだけ曲がっている。カリがやたらと張っているのも特徴だ。私はそこに歯の裏をひっかけるようにして愛撫する。柱にくくりつけられたまま、私は突き出される彼のペニスをしゃぶりつくす。あそこにヒールを突っ込まれたまま。

彼とのセックスは、とんでもない麻薬のようだった。何時間しても飽きなかったし、切れるとすぐほしくなった。

「ずっと一緒にいたい」

ある日、彼は私に挿入しながらつぶやいた。曲がったペニスが、膣壁に当たって気持ちがいい。彼が動き出せば、私はすぐに頭が爆発して何も考えられなくなる。

「私も。ずっと一緒にいたい」

まだ少し理性が残っている。

「どこかでふたりで暮らそうか。オレが靴を作って、細々と一緒に暮らす」

「いいかもしれない」

「本気か？」

うん、と言いかけたとき、彼が動き始めた。とたんに私の身体中の細胞が膨張して跳ねていく。

「ああん、死んじゃう」

「それとも一緒に死ぬか」

「うん、死ぬ」

死んでもよかった。本当にそう思っていた。

彼とつながったまま死ねるなら、それでもいい。私は本気でそう思っていた。彼に入れられているときだけが、私の生きている時間になってしまった。家ではもちろん、家事はこなしていたけれど、二、三日彼に会えないと、身体中が重くて何もできなくなってしまう。

このままだとすべてが壊れてしまう。私自身も、私の生活も、子どもたちも。

「お母さん、最近、なんだか変だけど大丈夫？」

　ある日曜日、娘の香織に誘われて、デパートに行った。香織の洋服選びにつきあい、疲れたのでカフェに立ち寄ったとき、いきなり香織がそう言った。

「疲れてるの？　それとも何か心配ごと？　パートもやめちゃったし、何かあったんじゃないかってずっと心配してたんだよ」

　いつの間にか、香織は大人になっていた。中学生なのに、人の気持ちがわかるほどに成長していたのだ。私は香織に合わせる顔がなく、ただただ娘の目を見つめていた。

「お母さん、恋してるの？」

　香織は真剣な顔になった。虚を衝《つ》かれて、気づいたら私は娘の前で泣いていた。自分でも考えられない失態だったが、涙が止まらない。香織は焦って、自分のハンカチを出して、私に渡してくれる。

「ごめんね」

　私は涙を拭き、ようやくそれだけ言った。少しだけ気持ちが軽くなっていた。

　香織は私を非難するようなことは何も言わなかった。ただ一言、つぶやくように言った。

「好きな人と一緒にいられないって寂しいよね」

　彼女は何もかも見抜いていたのかもしれない。

そのときだった。靴職人の彼が、女性と一緒にカフェの前を通り過ぎて行くのが目に入った。どういうこと？　私以外にも女がいたの？　あの女とも彼はセックスしているんだろうか。頭の後ろのほうで、ぶちっと何かが切れる音がした。だが、香織が一緒だったせいで、私はかろうじて理性を保った。携帯電話を取り出す。

「その女は誰？」

メールを打つ。彼からはすぐに返信が来た。

「お客さん。靴のイメージを考えるために、デパートで靴を一緒に見ていた」

そう言われたら、嫉妬さえできない。

「お母さん、帰ろう」

香織にうながされ、私はのろのろと腰を上げる。彼のペニスを入れてもらいたい。今すぐ。私は駆け出しそうな自分を抑えるのに必死だった。

「何をカリカリしてるの、弥生さん。僕はあなたを裏切ったりしないよ」

その日の深夜、彼の元へタクシーを飛ばして行くと、彼は私を抱きしめてそう言った。

「今すぐ入れて。我慢できないの」

私は後ろ向きにされた。彼のペニスが入ってくると、私はようやく人心地ついた。

いつも何かが欠けている。これが入っているときだけ、私は私でいられる。そんな気持ちを、彼はわからない。わかりようがないのかもしれない。

「だから、一緒にどこかで暮らそうかと言ってるじゃないか」

「あなたはこのアトリエを捨てられるの？」

「最低限のものを持っていけば、仕事はできる。あなたこそ、何も捨てられないだろ。今の生活、子ども。だんなさん……」

「捨てられるわ」

彼は私の腰をつかんで、ゆらゆらと揺れる。

「じゃあ、どこかへ行こう。ふたりだけで暮らそう。三日後の月曜日の午前四時。ふたりが最初に会ったカフェの前で」

「あの広場のところね」

彼ががんがん突き始める。睾丸がぺたぺたと私のお尻に当たる。

「本当に来るか？」

「行くわ。何もかも捨てて。そうしたら毎日、抱いてくれる？」

「毎日、どこまでも感じさせてあげるよ」

私たちはそのまま、アトリエのソファになだれこむ。私が上になって、思うがままに動いた。彼は私のクリトリスをずっといじり続けている。

私は激しく動き続けた。私の身体の中から液体がとめどなくあふれ、彼の下半身を濡らしていく。

「気持ちいい、いい」

絶叫し続けた。何度イッてもイキ足りない。そのうち身体に力が入らなくなり、私はなめくじのようにでろでろに溶けていく。

身体を入れ替え、彼が上になって突き上げてきた。もう疲れ切っているのに、それでも私の身体は、勝手に反応し続ける。子宮がぐぐっと下がってきた。こうなると、私は意識が朦朧としてくる。

「弥生」

彼の声が遠くでしている。

「弥生はオレのもんだ」

うんうんと私は頷く。誰かに必要とされたかった。誰かのものになりたかった。

「もっともっと気持ちよくなろうな」

彼の言葉に、私はしゃくりあげた。目からも膣からも水が止まらない。

三日後、私は彼と約束した広場にいた。午前四時。まだ真っ暗といってもいいくらいだ。

前の晩は、子どもたちが大好きな煮込みハンバーグにした。私は子どもたちに何も気づかれたくなかった。特に香織は、私の気持ちに敏感になっている。

子どもたちを捨てるという実感はなかった。だが、私は、もう彼と一緒でなければ生きていけなくなっていた。きっと子どもたちは私を恨むだろう。わかってはいたが、実感はなかった。ただ、彼のペニスを入れたまま暮らしていきたい。それしか考えられなかった。いつもと同じように夜を過ごした。身の回りのものはすでに金曜日のうちにバッグに詰めてある。

午前三時にこっそり起きだし、夫が規則正しく寝息をたてて寝込んでいるのを確認してから、家を出た。書き置きもしなかった。

三日も彼に会っていなかったから、とにかく早く入れてほしかった。駅のトイレでもいい、広場の片隅でもいい。彼のペニスを入れてもらって、私が私として生きていけるのを確認してから、どこかへ旅立ちたかった。

四時を回ったが、彼はまだ来ない。荷造りに手間取っているのだろうか。私たちはどこへ行くかも決めていなかった。東京駅に行ってから考えようと話していた。彼の出身地が東北だから、そちらへ行ってもいい。まったく知らない土地でもよかった。

ふたりでひっそり暮らしてさえいけたら。四時半だ。私は少しいらいらしてくる。彼の携帯に電話をかけた。出ないままに留守電に切り替わる。

「何かあったの？」

メールをしてみる。返信は来ない。

私は嫌な予感がした。身体が震える。タクシーを拾い、彼のアトリエ兼住宅に行ってみた。

アトリエはいつも開いているのだが、鍵が閉まっている。アトリエの前にかかっていた「天使の靴」という看板がなくなっている。ひっそりしていて、いつもとは様子が違う。

ブザーを押してみたが、鳴っている気配がない。家全体が、人のいる様子がないのだ。愕然として、私は座り込んでしまった。新聞配達の男の子に、「大丈夫ですか」と声をかけられて、はっとした。

「この家のこと、知ってる？」

ようやく言った。

「あ、ここ、うちの新聞をとってたんですが、引っ越すからって三日くらい前かな、入れなくていいって」

めまいがした。

タクシーに乗って、家に戻ると、午前五時を少し回ったところだった。静かに家に入っていったが、誰も起きている気配はない。

私は大きなボストンバッグを寝室のクローゼットに押し込んだ。

「ん？」

夫が寝返りを打つ。私が視界に入ったらしい。

「どうした？」

言うなり、再びいびきをかいている。目覚めたわけではなさそうだ。

私は普段着に着替え、コーヒーを淹れた。リビングでひとりゆっくりと飲む。朝の明るさがリビングを満たしていく。携帯電話を確認するが、まったく何も入っていない。

自分でも驚くほど冷静だった。何が起こったのか、整理して考える気にもなれなかった。

六時になったとき、私は台所に立った。朝食と息子の弁当を並行して作り始める。冷蔵庫を開け、肉や野菜を取りだした。

我が家の朝食は和食と決まっている。ご飯にみそ汁、お新香。魚を焼いて、作り置きしてあるきんぴらでも出せばいいだろう。みそ汁は具だくさんにしよう。

いつもの朝と同じように、私はくるくると台所で動く。六時半には夫が起きてくる。それから息子と娘も。みんな、だいたいみそ汁の匂いにつられて起きてくるのだ。ずっとそうだった。これからもそうだろう。

「おはよう」

夫が声をかけてくる。

「おはよう」

「なんだか朝からきれいだな、弥生」

夫が今まで言ったことのないようなセリフを吐く。

「なあに、どうしたの？」

私の声もやけに優しい。

「なあ、今度、ふたりで温泉にでも行くか」

「そうね」

私は自分の感情が、心の奥深くで完全に封印されていることに気づいた。今、私は母と妻を演じている。演じ始めたのなら、きっちりと演じきらなくては。

素の弥生というひとりの女に戻るのは、ひとりきりになってからだ。自分が自分でないような、厚い皮をかぶってしまったような、妙な気持ちだった。

彼のことを考える余裕はなかった。朝の家庭は戦場なのだ。朝からシャンプーする娘、父親のトイレが長いと文句を言う息子、みんなをなだめたり叱ったりしながら食事をさせ、時間差で三人を送り出す。

ほっとして携帯を確認する。何も入っていない。それが彼の答えということだ。子宮の奥が小さく痙攣するのがわかった。

本書は二〇〇八年九月に徳間書店より刊行された『秘密の恋日記　わたしたちの歓びと哀しみ』を改題し、大幅に加筆・修正しました。

文芸社文庫

秘密の告白 恋するオンナの物語

二〇一五年二月十五日　初版第一刷発行

著　者　亀山早苗
発行者　瓜谷綱延
発行所　株式会社　文芸社
〒一六〇－〇〇二二
東京都新宿区新宿一－一〇－一
電話　〇三－五三六九－三〇六〇（編集）
〇三－五三六九－二二九九（販売）
印刷所　図書印刷株式会社
装幀者　三村淳

ISBN978-4-286-16180-8